나눔의 세계

알베르 카뮈의 여정

LE MONDE EN PARTAGE: ITINÉRAIRES D'ALBERT CAMUS
by Catherine Camus

Copyright ⓒ Éditions Gallimard, Paris, 2013
Korean Translation Copyright ⓒ Munhakdongne Publishing Corp., 2016

This Korean edition was published by arrangement with
Éditions Gallimard through Sibylle Books Literary Agency, Seoul.
All rights reserved.

이 책의 한국어판 저작권은 시빌 에이전시를 통해
프랑스 갈리마르 사와 독점 계약한 (주)문학동네에 있습니다.
저작권법에 의해 한국 내에서 보호를 받는 저작물이므로
무단 전재와 무단 복제를 금합니다.

표지 사진 : 영국에서 알베르 카뮈, 1948년.
ⓒ Mamaine Koestler

이 도서의 국립중앙도서관 출판예정도서목록(CIP)은
서지정보유통지원시스템 홈페이지(http://seoji.nl.go.kr)와
국가자료공동목록시스템(http://www.nl.go.kr/kolisnet)에서 이용하실 수 있습니다.
(CIP제어번호: CIP2016001857)

나눔의 세계

LE MONDE EN PARTAGE
Itinéraires d'Albert Camus

알베르 카뮈의 여정

카트린 카뮈 지음
알렉상드르 알라이베고빅, 베아트리스 바양 도움
김화영 옮김

문학동네

알랭 제라르에게

스스로의 삶의 시간에 몸 바치는 사람,
그가 지키는 집과
살아 있는 인간들의 존엄성에 몸을 바치는 사람은
대지에 몸을 바치는 사람이니 그는 대지로부터 수확을 얻어
그 수확으로 다시 씨를 뿌리고 양식을 얻는다.

알베르 카뮈, 『반항하는 인간』, 492.[*]

이 책의 기획과 도판 제작에 도움을 주신 여러 분들에게 감사드린다. 알방 스리지에, 안 라가리그, 이자벨 드 라투르, 마리 아녜스 나튀렐, 마리 노엘 앙풀리에, 에리크 르장드르, 비토리아 기마랑이스, 이노 조소, 프레데리크 로랑, 미로슬라브 아이젠함머, 야나 코페치코바(스타트니 오블라스트니 플젠 문헌보관소), 플라비아 카르네이루 레앙(알레샹드리 에울랄리우 문헌센터, 상파울루 에스타두알 데 캄피나스 대학교 언어연구소), 카미유 무아렝크, 클로딘 무아렝크, 장 무아렝크, 바클라프 베란/테레자 스메타노바, 안 오베르, 마르셀 마아셀라, 베르나르 마아셀라, 아리안 방케스, 프랑크 플라네유, 마르탱 카문, 카밀라 카브랄, 알랭 드바르, 플로랑스 말로, 마리 클로드 샤르, 로제 그르니에, 에르네스토 몽트캉(부에노스아이레스 빌라 오캄포) 레슬리 모리스(하버드 대학교 호턴 도서관), 수르 재단(부에노스아이레스), 바르바라 차카(니코스 카잔차키스 박물관), 레나타 오베레이테로바.

---

* 카뮈의 작품 인용 쪽수는 알베르 카뮈 전집 개정 1판(전20권, 책세상, 김화영 옮김) 각권의 쪽수에 따랐다. 번역문은 수정 및 보완하였다. 한국어 번역본 전집에 포함되지 않은 텍스트는 갈리마르 출판사의 플레이아드 전집(전4권) 또는 폴리오 문고판의 쪽수를 표시했다.
    인명과 지명을 비롯한 고유명사의 표기는 가급적 국립국어원 외래어표기법에 준하되, 일부는 현지 발음에 따랐다.

책머리에

알베르 카뮈의 세계에는 근본적으로 같은 고통, 같은 불안, 같은 기쁨, 같은 희망을 함께 나누는 여자들과 남자들이 가득 살고 있다. 그 세계는 알베르 카뮈가 사랑하고 반항할 근거를 길어내고자 하는 터전인 자연이나 아름다움과 뗄 수 없는 관계를 맺고 있다.

우리가 여기서 밟아가려고 하는 것은 바로 그 세계다. 그 여정은 그가 찾아갔던 고장들, 그가 "역사를 겪는" 사람들 곁에서 자신의 힘이 닿는 한몫을 던져 그들의 문제에 참여했던 나라들을 거치고, 그에게 감동을 주었고 살아가는 데 도움을 주었던 모든 국적의 예술가들, 화가들 혹은 작가들을 거쳐가는 길이다.

세 개의 장. 우선은 지중해와 그 빛. '정오의 사상'이 그 모습을 갖추게 되었던 용광로다. 그 다음은 유럽, 그곳에 자욱이 드리워진 안개와 그곳에서의 투쟁들. 유럽을 갈기갈기 찢어놓는 전투를 통해서 정오의 사상이 거기서 다듬어진다. 그리고 끝으로 세계, 그 항구성과 다양성. 정오의 사상이 고스란히 그 모습을 드러낸다. 그것은 진실에 대한 욕구에서 태어나는 것이기에.

그 진실은 그 어느 것 하나도 부인하지 말 것을 요구한다. 왜냐하면 "무엇을 배제하도록 강요하는 것치고 진실한 것은 없"*기 때문이다. 그러하기에 정오의 사상은 모순들의 한복판에서, 긍정과 부정, 안과 겉, 적지와 왕국 사이의 항구적인 균형 속에서 실천되는 것이다.

여러분이 이 세계를 함께 나누기를, "이 땅에 동의하기를" 바란다. 그렇게 할 때 여러분은 아마도 카뮈와 함께 이런 확신을 갖게 될 것이다. "우리가 내지르는 고함소리 하나하나는 가없는 공간 속으로 사라지고 날아가버린다. 그러나 그 고함소리는 여러 날을 두고 바람에 실려가 마침내는 육지의 평평한 어느 한끝에 닿아 어디선가 눈 덮인 조개껍데기 속에 틀어박힌 채 길 잃은 한 인간이 그 소리를 듣고 반가워서 미소 짓고 싶어질 때까지 얼어붙은 암벽에 가 부딪히며 오래오래 울릴 것이다."**

카트린 카뮈

---

* 「티파자에 돌아오다」, 『결혼·여름』, 161.
** 「가장 가까운 바다」, 『결혼·여름』, 180.

지중해

Méditerranée

우리 저마다에게 이해는 우선 주입식으로 시작된다. 왜냐하면 우리는 사물들에 이름을 붙일 줄 모르기 때문이다. 나중에야 이성이 생겨나서 우리의 여러 가지 직관들을 정돈한다. 어쩌면 좀 지나칠 정도로.

바로 이런 이유 때문에 우리는 여행을 지중해에서부터 시작한다. 카뮈는 이렇게 말한다. "나의 단 하나뿐인 재산이었던 아름다움의 장관 속에서 자랐던 나는 우선 충만함으로 시작했었다."* 우리는 감각과 신비로 이루어진 바로 그 충만함과 빛을 되찾고자 노력했다. 삶이란 오로지 이성만인 것은 아니기에 그 삶을 담는 하늘과 그 삶을 떠받치는 땅이 없이는 실현될 수 없는 것이다.

지중해는 또한 "모든 지역 가운데서 아마도 동방의 위대한 사상들과 합류하는 유일한 곳이다. 지중해는 규범적이거나 정돈된 것이 아니라 저 아랍인들의 동네나 제노바 혹은 튀니지의 항구들처럼 산만하고 혼란스러우니 말이다. 저 의기양양한 삶에의 정열, 저 짓누르는 듯한 권태의 감각, 스페인에서 볼 수 있는 정오의 인적 없는 광장들, 낮잠, 이런 것들이 바로 지중해다. 그래서 지중해는 라틴적인 서양이 아니라 동방에 더 가깝다. 북아프리카는 동방과 서양이 공존하는 몇 안 되는 지역 가운데 하나이다. 그 합류점에서는 알제의 해변 동네에 사는 스페인 사람이나 이탈리아 사람의 생활방식과 그 인근에 사는 아랍인의 생활방식 사이에 아무런 차이가 없다. 지중해적인 특성 가운데 가장 핵심적인 것은 아마도 동방과 서양 사이의 그 유일무이한 만남으로부터 뿜어나오는 것이라 할 수 있다."** 카뮈의 전 작품과 그의 사회 참여와 삶 자체를 관통하는 정오의 사상이 형성된 곳은 바로 거기, "햇빛 때문에 캄캄해지는 들판"이다.

---

* 「티파자에 돌아오다」, 『결혼·여름』, 159-160.
** 「원주민 문화」, 『새로운 지중해 문화』, 1937년, 플레이아드 전집 I, 569.

알제리

알제리에 관해 말하자면, 나는 내 마음속에서 그 고장에 매어져 있는
내면의 현絃을, 내가 익히 잘 알고 있는 그 맹목적이고 엄숙한 선율을 내는
그 현을 누르게 되지나 않을까 겁이 난다. 그러나 적어도 나는 알제리가
나의 참다운 고향이라고, 이 세상 어느 곳에 가든 그들 앞에만 가면
자연히 솟아나는 저 우정의 웃음만으로도 나는 그곳이 낳은 아들들과 형제들을
알아볼 수가 있다고 말할 수 있다. 그렇다. 내가 알제리의 도시들에서
좋아하는 것은 그곳에 몸담아 살고 있는 사람들과 떼어서 생각할 수 없다.

「과거가 없는 도시들을 위한 간단한 안내」, 『결혼·여름』, 130.

그토록 엄청난 폭력과 단련의 시간이 지난 뒤 9월에 처음 내리는 비는 긴장에서 풀려난
대지에서 처음으로 돋아나는 눈물과도 같다. 며칠 동안 이 고장은 부드러움에 맛을 들인
것인지도 모른다. 한편 같은 무렵 캐롭나무들은 알제 전역을 사랑의 냄새로 물들인다.
저녁나절 혹은 비가 오고 난 다음이면 대지는 송두리째 쓰쓸한 편도扁桃 향내가 나는 정액精液으로
배를 적신 채, 온 여름 동안 태양에 바쳤던 몸을 가만히 뉘며 쉰다. 이제 바야흐로 그 냄새는
다시금 인간과 대지의 결혼을 축성하고, 이 세상에서 진실로 사내다운 단 하나의 사랑,
끝내 썩어 없어질 것이지만 너그러운 사랑을 우리 안에 일깨워준다. 「알제의 여름」, 「결혼·여름」, 49-50.

캐롭나무.

아인 엘 튀르크의 앙달루즈 해변.

오래전 일이지만, 일주일 동안 나는
이 세상의 행복을 마음껏 누리며 살아본 적이 있다.
우리는 바닷가에서 지붕도 없이 잠을 잤고,
나는 과일로 양식을 삼으면서
매일같이 반나절은 인적이 없는 바다에서 지냈다.

『안과 겉』에 붙인 서문, 20.

로베르 조소, 알베르 카뮈, 마들렌 조소,
알제리에서의 캠핑, 1935년.

1913년 몽도비에서 태어난 알베르 카뮈는 돌이 채 되지 않았을 때 아버지가 전쟁에 나가 사망했다. 어머니 카트린 엘렌 생테스는
어린 두 아들 뤼시앵, 알베르를 데리고 알제의 서민 주거지역 벨쿠르의 리옹 거리에 있는 친정어머니 집으로 와서 정착한다.
알베르 카뮈는 17세 무렵까지 이곳에서 살았다.

383 ALGER. — La Rue de Lyon. — LL.

파스칼 피아가 알베르 카뮈에게 보낸 편지의 겉봉투.
1940년 2월 15일.

광장 가에 늘어선 나무 그늘에서는 아랍인들이 한 잔에 5수씩을 받고 오렌지꽃 향기가 풍기는
차가운 레몬주스를 판다. "시원해요, 시원해" 하고 그들이 외치는 소리가 인적 없는 광장을
가로지른다. 그 소리가 지나가고 나면 햇빛 아래로 다시 침묵이 내려앉는다. 상인의 항아리 속에서
얼음이 뒤집히는 작은 소리까지 들린다. (…) 또다른 곳, 가령 카스바에 있는 모르인ㅅ들의
카페에 가보면 이번에는 사람의 육체가 침묵에 잠겨 있다. 이곳을 벗어나지 못하고 찻잔 속에
붙잡혀 제 피가 잉잉거리는 소리와 더불어 시간이 가는지 오는지 알지 못한 채.

「알제의 여름」, 「결혼·여름」, 38-39.

어느 정도 부유해지면 하늘도, 별이 가득한 밤도 예사로운
자연의 재화로 여겨지게 된다. 그러나 하류 계층에게는
하늘이 본래의 모든 의의를 되찾아 가진다. 그것은 값을
헤아릴 수 없는 은총인 것이다. 별들이 깜박거리는 신비로운
여름밤들! 어린아이의 등뒤에는 악취가 풍기는 통로가 있고
쿠션이 터진 조그만 의자는 그의 몸무게에 눌려 약간
꺼져 있었다. 그러나 그는 눈을 들고, 맑은 밤에 입을 대고는
그냥 들이마시는 것이었다. **「긍정과 부정의 사이」, 「안과 겉」, 54.**

알제 구시가 카스바 거리의 아이들. 1950년경.

나로서는, 나의 원천이 (…) 내가 오랫동안 몸담아 살아온 그 가난과 빛의 세계 속에 있다는 것을
알고 있다. 그 세계의 추억이 지금도, 모든 예술가를 위협하는 두 가지 상반되는 위험,
즉 원한과 만족으로부터 나를 지켜주고 있는 것이다. 「안과 겉」에 붙인 서문, 17.

알제

항구 저 위에는 카스바의 하얀 입방체 모양을 한 집들이 아물아물하면서 내려다보고 있다. 수면과
같은 높이에서 바라보면 아랍 도시의 저 강렬한 백색을 배경으로 수많은 육체들이 구릿빛 띠 장식이 되어
펼쳐져 있다. 8월이 깊어지고 햇볕이 거세어져감에 따라 집들의 흰빛은 더욱 눈부시게 번뜩이고
사람들의 피부는 더욱 짙은 빛의 열기로 달아오른다. 그러할 때, 태양과 계절에 상응하여
돌과 육체가 주고받는 저 대화 속에 어찌 한몸이 되어 휘말려들지 않을 수 있겠는가? 「알제의 여름」, 『결혼·여름』, 37.

〈알제 항구〉. 쥘 알렉시스 뮈니에. 1888년.

나는 예민한 감각을 지닌 여행자에게는
알제에 가거든 (…) 아랍 사람들의 공동묘지를
찾아가보라고 권한다. 우선은 그곳에서
고즈넉한 평화와 아름다움을 만나기 위해서,
다음으로는 우리가 죽은 자들을 안치하는
저 끔찍스러운 죽음의 도시들이 얼마나 추악한
것인가를 제대로 헤아릴 수 있도록.
「과거가 없는 도시들을 위한 간단한 안내」, 『결혼·여름』, 129.

엘 케타르 공동묘지. 구름 낀 하늘과 하얀 묘비들로 가득찬 언덕바지를
마주보는 거친 바다. 젖은 나무들과 땅. 하얀 무덤 돌들 사이의 비둘기들.
핑크빛 같기도 하고 붉은빛 같기도 한, 단 한 떨기 제라늄.
그리고 말없이 사라진 거대한 슬픔.
그리하여 우리는 죽음의 아름답고 순수한 얼굴에 익숙해진다. 「작가수첩 I」, 109.

 엘 케타르 공동묘지. →

알제에 살 때 나는 항상 겨울을 잘 참고 지냈다. 어느 날 밤에, 2월의 싸늘하고 순결한
어느 하룻밤 동안에, 레 콩쉴 골짜기의 편도나무들이 하얀 꽃들로 뒤덮이게 되리라는 것을
알고 있었기 때문이다. 그러고 나면 나는 눈처럼 하얀 그 가녀린 꽃들이 세상 모든 비와
바닷바람에 맞서 버티는 것을 보고 황홀함을 금치 못했다. 한편 그 꽃들은 열매를 준비하는 데
꼭 필요한 만큼만 해마다 끈질기게 견뎌냈다. 「편도나무들」, 『결혼·여름』, 111.

우리는 찢어진 것을 다시 꿰매야 하고,
이토록 명백하게 부당한 세계 속에서
정의가 상상 가능한 것이 되도록
만들어야 하며, 이 세기의 불행에
중독된 민중에게 행복이 의미 있는
것이 되도록 만들어야 한다.
물론 그것은 초인적인 책무다.
그러나 인간들로서는 오래 걸려서야
비로소 성취할 수 있는 책무들을
우리는 흔히 초인적이라고 말하는
것이다. 그뿐이다. 「편도나무들」, 『결혼·여름』, 110-111.

〈편도나무들〉, 『결혼』(갈리마르, 1950)에 수록된 삽화. 피에르 외젠 클레랭의 수채화.

알제의 언덕 꼭대기에 있는 마들렌 길.
왼쪽부터 벨카디, 마르그리트 도브렌,
잔 시카르, 크리스티안 갈랭도와 함께. →

마들렌 길, 나무들, 땅과 하늘, 아! 나의 행위로부터 돌아온 우리를 기다리던 그 첫번째 별빛까지는 얼마나 먼 거리인가.
그러면서도 동시에 서로 얼마나 은밀하게 내통하는가.

『작가수첩 I』, 109-110.

티파자

티파자의 아침에 폐허 위로 맺히는 이슬. 세상에서 가장 오래된 것 위에 세상에서 가장 젊고 신선한 것이. 이것이 바로 나의 신앙이고 또 내가 믿는 예술과 삶의 원칙이다. 『작가수첩 III』, 189-190.

티파자에서 알베르 카뮈. 1955년.

나는 그 시간이면 기진한 동작으로
간신히 조금씩 부풀어오르곤 하는 바다를 바라보면서,
속임수로 달래려다가는 결국 존재 자체가
말라 오그라들고 말 두 가지 갈증,
즉 사랑과 찬미라는 갈증을 충분히 채울 수 있었다.

「티파자에 돌아오다」, 『결혼·여름』, 165.

티파자에서 마들렌 조소, 로베르 조소와 함께. 1935년.

티파자. 뒤쪽으로 보이는 것이 슈누아 산.

티파자 : 하늘은 흐리고 부드럽다. 폐허의 한가운데로 조금 요동치는 바다의 파도 소리가 와
새들이 재재거리며 우는 소리의 뒤를 따른다. 엄청나게 크고 가벼운 슈누아. 내가 죽고 난 뒤에도
이곳은 여전히 충만함과 아름다움을 골고루 나누어줄 것이다. 그런 생각을 해도 전혀 쓰라린
느낌이 없다. 오히려 감사와 숭앙의 감정이 솟는다.

『작가수첩 III』, 296.

티파자의 생트 살자 대성당.

생트 살자 대성당은 기독교의 사원이었다.
그러나 열린 틈으로 들여다볼 때마다 우리에게 전해오는 것은
이 세계의 음악, 소나무와 실편백나무가 무성한 언덕들,
혹은 이십여 미터에 걸쳐 그 하얀 강아지들을 뒹굴게 하고 있는
바다뿐이다. 생트 살자를 떠받들고 있는 언덕은 그 꼭대기가 편평해서
옛 사원의 돌기둥들 사이로 바람이 더욱 드넓게 분다.
아침 햇살 아래 위대한 행복이 누리 속에서 균형을 잡는다.

「티파자에서의 결혼」, 『결혼·여름』, 16.

『결혼』의 원고 겉장.

이 맹렬한 햇빛과 바람과의 목욕은 나의 생명력을 송두리째 소진시켰다. 내 안에는 겨우 하는
저 날갯짓, 신음 소리를 내는 저 생명, 정신의 저 가냘픈 반항뿐. 곧 세상의 사방으로 흩어져 기억도
흐려지고 나 자신도 망각한 채 나는 저 바람인 동시에 바람 속에 있으니, 내가 곧 저 돌기둥이요
저 아치요 만져보면 따뜻한 저 포석이요 인적 없는 도시를 에워싸고 있는 저 빛바랜 산들이다.
나는 한 번도 내가 나 자신으로부터 거리를 두고 초연해진 동시에 내가 세계 속에 현존하고 있음을
이토록 절실히 느껴본 적이 없다.

「제밀라의 바람」, 「결혼·여름」, 26.

제밀라의 르 카르도.*

* 고대 로마 도시의 남북으로 이어진 대로.

오랑의 루 곶.

맑은 물속에 몸을 잠근 채 졸고 있는 두 개의 육중한 곶. 우리 쪽으로 올라오고 있는 나직한 모터 소리.
경비정 한 척이 눈부신 빛에 젖어 반짝이는 바다에서 눈에 띄지 않게 다가오는 소리.
무심함과 아름다움의 가운데서 느껴지는 어떤 과도함─비인간적으로 번뜩이는 힘들의 부름.
고원 위에는 기막힌 색깔과 예민한 속살의 식물 콜키쿰들. 『작가수첩 I』, 219-220.

언제나 순결한 풍경을 발견하려면 더 멀리
가야 한다. (…) 사람들이 지나간 흔적이라고는
헐어빠진 바라크 한 채밖에 남아 있지 않은 인적 없는
긴 모래언덕 같은 곳. 이따금 아랍인 양치기 하나가
흑백 얼루기 염소떼를 모래언덕 꼭대기로 몰고 갈 뿐.
오랑 지방의 이런 해변에서 모든 여름 아침은
하나같이 세계의 첫 아침 같다. 모든 황혼은 하나같이
이 세계의 마지막 황혼 같다. (…) 모든 것이
초록색 햇빛과 함께 사라진다.
한 시간이 지나면 언덕에 달빛이 흘러넘친다.
그러면 별들이 비 오듯 쏟아지는 광막한 밤이 된다.

「미노타우로스 또는 오랑에서 잠시」, 『결혼·여름』, 101-102.

오랑에서 알베르 카뮈, 1942년.

1937년 말. 알베르 카뮈는
오랑 출신의 프랑신 포르를
만나 1940년에 결혼한다.
그들은 1942년까지 여러 차례
오랑에 체류한다.

오랑에 와보지 않고서는 돌이 무엇인지 알지 못한다.
이 먼지투성이 도시는 온통 돌멩이 천지이다. 상인들은 종이를
눌러두기 위해서, 아니 그냥 장식을 하기 위해서도 진열창에
돌을 진열할 정도로 돌멩이를 좋아한다. 길가에 나란히
조약돌 더미를 쌓아두는데, 아마도 보고 즐기기 위함인지
일 년이 지나도 여전히 그대로다. 딴 데서는 식물에서 시심을
자아내는 것이 이곳에선 돌의 모습으로 나타난다.

「미노타우로스 또는 오랑에서 잠시」, 『결혼·여름』, 86.

알베르 카뮈와 프랑신 카뮈(뒷모습). 오랑의 카나스텔 해변에서.

알베르 카뮈가 프랑신 포르에게
보낸 편지의 겉봉투.
1940년 6월.

「미노타우로스 또는 오랑에서 잠시」의 교정 원고(발췌).

이 상업도시 한복판에, 이 고장 사람들을 먹여 살리는 무수한 농업 관련 기관들이 사용할 사무소
건물을 한 채 지을 필요가 생기자 오랑 시민들은 모래와 양회를 섞어 자기들이 지닌 미덕의
설득력 있는 표상을 그곳에 세울 생각을 해내었으니 그것이 바로 '식민관'이라는 것이었다.
건물의 모습으로 판단해보자면 그 미덕은 세 가지라고 하겠다. 취향의 대담성, 폭력에의 사랑,
그리고 역사적인 종합의 감각이 그것이다. 이집트와 비잔티움과 뮌헨 스타일이 서로 협력하여
거대한 잔을 엎어놓은 것 같은 모양의 기묘한 케이크를 건조해놓았으니 말이다. 색색의 돌들로
더할 수 없이 기운찬 효과를 자아내면서 지붕의 테두리를 둘렀다. 이 모자이크의 강렬한 정도가
어찌나 노골적인지 처음 보면 그저 형체를 알 수 없는 눈부심밖에는 눈에 들어오는 것이 없을 정도다.
그러나 더 다가가서 정신을 차리고 자세히 보면 그 모자이크에 어떤 의미가 있음을 알게 된다.
나비넥타이에 흰 코르크 헬멧을 쓴 점잖은 식민 지배자가 거기서 옛날식 옷차림으로 행렬해 있는
노예들로부터 존경에 찬 인사를 받고 있는 것이다(알제리 사람들이 지닌 또하나의 자질은 보다시피
이런 노골적 솔직함이다). 「미노타우로스 또는 오랑에서 잠시」, 「결혼·여름」, 95.

오랑의 식민관, 1948년.

알제리인들의 우정

1948년 시디 마다니의 문학 모임. 왼쪽부터 알베르 카뮈, 모하메드 디브, 가브리엘 오디지오, 에마뉘엘 로블레스.

우리 가운데는 내일의 알제리라고 일컫는 것을 희망하는 이들이 많이 있다. 나로서는 과연 그 알제리가 이루어지기나 할 것인지 알 수 없고, 어떤 조건하에서 그것이 이루어질 것인지, 그러자면 또 얼마나 많은 피를 흘리고 불행을 겪어야 하는 것인지 그 역시 알 수가 없다. 그러나 내가 말할 수 있는 것이 있다면 그것은 바로 그 내일의 알제리라는 것을 우리 알제리 작가들은 이미 지난날에 이룩했다는 사실이다. 내 말인즉, 우리는 하나의 알제리 작가 '에콜'이었다. 내가 알제리 작가 '에콜'이라고 할 때 그 에콜은 어떤 독트린과 규율을 정하여 그에 따르는 사람들의 집단을 일컫는 것이 아니다. 단지 어떤 생명의 힘, 어떤 땅, 인간에게 다가가는 어떤 방식을 표현하는 사람들의 무리를 의미한다. 우리가 보여주었던 에콜에는, 내가 생각건대, 재능 면에서 프랑스 사람들 못지않은 상당수의 아랍 사람들의 이름이 포함되어 있었다. 오디지오가 이미 나보다 더 잘 표현한 바 있지만, 그래도 그의 뒤를 이어 내 힘이 닿는 한 아주 강조하여 이렇게 한번 더 말해보고 싶다. 그것은 따지고 보면 한편으로는 루아, 로블레스, 오디지오 같은 인물들을, 그리고 다른 한편으로는 맘메리, 페라운, 디브와 몇몇 다른 인물들을 배출한 땅이었다. 이들 작가들로 하여금 동시에, 같은 언어로 자유롭게 자신의 생각을 표현할 수 있게 해준 땅. 그렇게 할 수 있도록 해준 것은 결국 제도나 기관이 아니라 단지 우리 모두가 공동으로 했던 작업, 그리고 무엇보다 우리가 서로에게 다가가는 바로 그 방식이었다고 하는 것이 옳을 터이니 말이다. 그리하여 내 생각에 그 에콜은 내일의 알제리가 나아갈 방향에 대한 하나의 좋은 모범을, 하나의 아름다운 모범을 제시했던 것이다. 이 점이 바로 내가 개인적으로 가장 자랑스럽게 여기는 점이다.

〈랄제리엔〉지와의 인터뷰, 1958년 11월 13일.

1958년 알제에서 물루드 페라운과 함께.
알제리 카빌리아 지방 출신 작가이며 교사였던 그는
1962년 3월 15일 OAS(비밀 군대 조직)에 의해 피살됐다.

Paris, 43, rue de Beaune — 5, rue Sébastien-Bottin (VII·)

알베르 카뮈가 물루드 페라운에게 보낸 편지, 1951년 6월 2일.

티지 우주 '부족'을 방문하고 돌아오는 길에 나는 카빌리아 지방 원주민 친구와 함께 도시가 내려다보이는 높은 언덕 꼭대기로 올라갔었다. 거기서 우리는 밤이 내리는 것을 바라보고 있었다. 산맥으로부터 이 찬란한 대지 위로 내려 쌓이는 어둠이 더없이 냉혹한 사람의 가슴도 느슨하게 풀어주며 어루만지는 그런 시간이었지만 나는 골짜기 저쪽 편에서 형편없는 보리떡 한 개를 앞에 놓고 둘러앉은 사람들에게 평화란 없다는 것을 알 수 있었다. 그리고 나는 또한 알고 있었다. 그토록 놀랍고 그토록 장엄한 그 저녁 빛에 빠져드는 건 감미로운 일이지만 우리의 눈앞에서 발그레한 불씨를 지피고 있는 그 가난은 세계의 아름다움 위에 무슨 금지령 같은 것을 던지고 있다는 것을. '카빌리아의 비참', 「알제리 연대기」, 폴리오 에세. 40.

157 ALGÉRIE. — Entrée du Village Kabyle. — LL.

1939년 6월, 알베르 카뮈는 카빌리아로 취재 여행을 떠난다.
그리고 돌아와 〈알제 레퓌블리캥〉지에 '카빌리아의 비참'이라는 제목의 르포 기사를 연재한다.

카빌리아.

자연적인 지점들을 중심으로 그 주위에 무리를 이루면서 각기 고유한 삶을 살아가는 마을들. 희고 긴 천으로 옷을 지어 입은 사람들, 그들의 정확하고 단순한 몸짓들이 언제나 푸른 하늘을 배경으로 또렷이 드러나 보인다. 손바닥선인장, 올리브나무, 캐롭나무, 그리고 대추나무가 늘어선 작은 길들. 거기서 우리는 올리브를 잔뜩 실은 노새들과 함께 걸어가는 사람들을 만난다. 얼굴은 검게 탔고 눈빛은 맑다. 그리고 인간에게서 나무에게로, 몸짓에서 산에게로 비장하면서도 즐거운 일종의 공감이 생겨난다. 여기가 그리스인가? 아니다. 카빌리아다. 이건 마치 수세기의 세월을 사이에 두고 갑자기, 바다와 산맥 사이에 고스란히 옮겨진 헬라스가 고대의 찬란함 그대로 되살아난 듯하다. 동방과 인접해 있기 때문인지 게으름과 운명을 존중하는 태도를 은연중에 드러내면서. 『작가수첩 I』, 106.

카빌리아

나는 아랍 민족이 존재한다는 사실 또한 상기시키고자 한다. 이 말은 그 민족이, 서양인의 눈에는
존중하거나 보호해야 할 것이 전혀 보이지 않는, 가난한 무명의 군중이 아니라는 뜻이다. 반대로 그들은
위대한 전통을 지닌 민족이며, 편견 없이 가까이 가보기만 하면 가장 으뜸가는 덕목들을 갖춘 민족이다.
그 민족은 그들이 처한 삶의 조건의 면에서라면 몰라도 결코 열등하지 않기에 우리가 얻을 교훈들을
가지고 있다. '알제리의 위기', 『알제리 연대기』, 폴리오 에세, 95.

예를 들어 내가 우리 북부 도시들의 어떤 장사꾼보다
아랍인 농부, 카빌리아 목동을 더 가깝게 느끼는 것은
우리 중 많은 사람들에게 있어서
같은 하늘, 절대적 자연, 운명 공동체가
자연적 장벽들이나 식민주의가 유지·보존해온
인위적 단절보다 더 강하고 중요했기 때문이다.

'테러리즘과 탄압', 1955년 7월 9일, 〈렉스프레스〉, 플레이아드 전집 III, 1022.

문 앞에 서 있는 카빌리아의 여인들, 1950년경.

『최초의 인간』원고,
노트와 구상(폴리오, 365).

땅을 돌려주시오. 가난한 사람들에게. 아무것도 가진 것이 없는, 너무나 가난해서 한 번도
무엇을 원하고 소유해본 적이 없는 사람들에게 모든 땅을 주시오. 이 나라에서 이 여자와 같은
사람들, 즉 대부분 아랍인이고 얼마간은 프랑스인인 엄청난 수의 비참한 무리에게,
고집과 인내만으로, 이 세상에서 단 하나 값어치 있는, 가난한 사람들의 명예를 지키며,
여기서 살고 있거나 살아남은 이들에게 땅을 주시오. 신성한 것은 신성한 사람들에게 주듯이.
그렇게만 되면 나는, 다시 가난해져 결국 세상 끝 최악의 유배지에 던져진 나는, 미소를 지으며,
내가 태어난 태양 아래 내가 그토록 사랑했던 땅과 내가 우러러보았던 사람들이 마침내
한데 모였다는 것을 알고서 만족스러운 마음으로 죽을 것입니다. 『**최초의 인간**』, 폴리오, 365.

사막

〈가르다이아〉, 샤를 브루티의 수채화.

라구아트에서 가르다이아까지. 다이아 여신들과 그 유령 같은 나무들. 거칠고 기복이 심한 세브카. 낮에는 타는 듯이 뜨겁고 밤에는 싸늘한—그 걷잡을 수 없는 기세에 결국은 부서져 모래가 되고 마는—돌들의 왕국. 라구아트의 묘지조차도 깨어진 편암片巖 조각들로 뒤덮여 있고 죽은 자들이 저 혼란스러운 돌들 아래 뒤섞인다. 사막에서 간혹 만나게 되는 저 빈약한 갈아엎은 땅조차도 그저 집 짓는 데 쓸 만한 돌이 있는지 찾아본 것일 뿐이다. 이 고장에서는 땅을 갈아봐야 거두어들이는 것은 돌뿐이다. 흙은 어찌나 귀한지 그 부스러기를 긁어 무슨 성량聖糧이나 되는 것처럼 광주리에 담아 나른다. 뼈가 앙상하게 드러나도록, 편암의 해골이 보이도록 깎고 또 깎은 땅, 황토색의 언덕들로 허리띠를 매고 있는 듯한 가르다이아와 그 성도聖都들. 그 언덕들은 또 붉은 암벽에 싸여 있다. 『작가수첩 Ⅲ』, 88.

성스러운 끈기가 없다면 자연이나 사회가 인간에게 제공하는 이 고독 속에서
그 누가 과연 살아가거나 창조할 수 있겠는가? 직무유기를 거부하고
죽음 그 자체를 승리로 만드는 이 지고한 고집이 없다면 그 누가 과연
심판과 증오를 견디려 하겠으며, 무엇보다 저마다 자신의 내면에 품고
있는 사막을 걸어가려 하겠는가? 그래서 사막은 유일무이한 덕목의 왕국,
덕목 자체의 힘으로 존재하며 그것이 없다면 다른 덕목은 존재할 수가 없는,
다시 말해 존재하려는 의지의 왕국인 것이다.

「월트 디즈니의 〈살아 있는 사막〉의 소개말」, 플레이아드 전집 III, 943.

저 돌들처럼, 사막 속에 돌연 충충이 쌓여 있는, 다른 퇴적층들과 거의 분간이 가지 않는
저 돌들처럼. 스승이라고는 가난뿐인 사람들에게, 물이나 마른 풀이 있는 곳으로 인도하는
신비스러운 길들을 가르쳐주는 저 돌들처럼. 「작가수첩 III」, 89.

알제리의 사하라사막. 타실리 뒤 호가르를 지나는 대상들.

스페인

스페인은 혈통에 의한 나의 제2의 조국이다. 이 인색한 유럽에서,
감정에 의한 편견을 우스꽝스러운 사상으로 착각하고 사는 이 파리에서,
내 몸속에 흐르는 피의 절반은 (…) 내가 나 자신과의 조화로움을 느낄 수 있는
유일한 땅, 삶에 대한 사랑과 삶에 대한 절망을 넘어서는 보다 나은
삶을 살아갈 줄 아는 그 유일한 땅을 되찾기를 열망하고 있다.

「우리에게 스페인은 여전히 아물지 않는 상처로 남아 있다」, 플레이아드 전집 II, 663.

앞의 두 페이지
스페인 메노르카의 비니베카 풍경.

← 메노르카 마온의 어부들, 1938년.
알베르 카뮈가 스페인 땅을 밟아본 것은
1935년 발레아레스제도에 잠시 체류했을
당시 단 한 번뿐이다.

스페인 친구들이여, 우리는 한 부분 서로 같은 피를 나눈 사이입니다. 그리하여 나는 당신들의 조국, 당신들의 문학과 민족, 전통에 대하여 영원히 소멸되지 않을 빚을 지고 있습니다. 「내가 스페인에 대하여 빚지고 있는 것」, 1958년, 플레이아드 전집 IV, 594.

19세기 중엽, 마온계 스페인 사람들이었던 알베르 카뮈의 외가 쪽 조상들은 알제리로 이민을 떠나 쿠바 지역에 정착했다.
위의 사진은 알제리 주재 스페인 총영사가 알베르 카뮈의 외증조부인 호세 카르도나에게 발부한 국적증명서다.

프랑스가 나의 일생 동안 지칠 줄도 모르고 만들어놓은 나를 통해서
나는 스페인이 내 핏속에 남겨놓은 것, 내 생각에는 이것이 바로
진실이라고 여겨지는 바로 그것에 도달하려고 노력했다.

「작가수첩 III」, 244.

메노르카, 마온

그곳은, 그녀로서는 정확히 어디쯤인지 알 수 없지만 어쨌든 스페인 옆 어딘가 그리 멀지 않은 곳에 있는 곳이었다. 마온 사람들인 그녀의 부모는 남편 집안사람들과 마찬가지로 오랜 옛적에 스페인을 떠나 알제리로 왔다. 마온에서 그녀의 부모는 굶어죽을 지경이었던 것이다. 섬을 한 번도 본 일이 없었으므로 섬이 어떤 것인지 알지 못하는 그녀는 그곳이 섬인지조차 알지 못했다. 「최초의 인간」, 폴리오, 80.

메노르카 시우타델라.

메노르카의 돌담.

사엘의 자그마한 농가에서 마온 출신의 부모 손에 자란 그녀는 아주 어려서 같은 마온 출신의 몸이 가늘고
약한 남자와 결혼했다. 남편의 형제들은 조부가 비명에 죽은 후 이미 1848년부터 알제리에 와 자리를 잡았다.
시조부는 기분이 나면 시인이 되어 당나귀 등에 올라타고서 채소밭 가에 마른 돌들을 쌓아올린 작은 담장들
사이로 섬을 돌아다니며 시를 짓는 사람이었다. 그렇게 돌아다니던 중, 망신당한 어느 남편이 그의 옆모습과
챙이 넓은 모자를 보고서 오해를 한 나머지 마누라의 정부를 처벌한답시고 등뒤에서 총으로 그를 쏜 것이다.
그는 곧 시였고 가정적 도덕의 모범이었지만 자식들에게는 아무것도 남겨준 것이 없었다. 「최초의 인간」, 폴리오. 96.

매일 나는, 세상의 시간 속에 짧은 한순간
아로새겨졌다가, 마치 나 자신에게서
앗아가듯이, 그 수도원을 나오곤 했던 것이다.

「삶에의 사랑」, 『안과 겉』, 90-91.

팔마 데 마요르카, 산 프란시스코 수도원.

이 수도원이 나에게 가르쳐준 것은 삶의 감미로움이 아니었다. 날아다니는 비둘기의 메마른
날갯짓 소리와 별안간 정원 한가운데 웅크린 침묵 속에서, 그리고 우물의 두레박 쇠사슬이 떨어져 울리는
쇳소리 속에서, 나는 새로우면서도 익숙한 어떤 맛을 또다시 음미하게 되는 것이었다. 그 같은 현상계의
독특한 유희를 바라보면서 나는 맑은 정신으로 미소를 짓고 있었다. 어떻게 몸짓 하나만 잘못해도,
세계의 얼굴이 미소 짓고 있는 그 수정水晶에 금이 가버릴 것만 같았다. 「삶에의 사랑」, 『안과 겉』, 89-90.

아마 지중해를 제외하고는 여태껏
나를 이렇게까지 나 스스로에게서
멀리 떨어지게 하고, 동시에 이렇게까지
가까이 접근시켜준 곳은 없을 것이다.
분명, 팔마의 카페에서 맛본 감동은 바로
거기서 온 것이리라.

「삶에의 사랑」, 『안과 겉』, 89.

팔마 데 마요르카, 산 프란시스코 수도원 전경(알베르 카뮈가 간직하고 있던 그림엽서).

마요르카, 발데모사

나는 어느 언덕 위, 외따로 떨어진 저 스페인 수도원 어느 골방 속에 파묻힌 돈 후안의 모습을 눈앞에 보는 듯하다. 혹시 그가 무엇인가 물끄러미 바라보는 것이 있다면 그것은 사라져버린 옛사랑의 환영들이 아니라, 아마도 불등걸처럼 뜨거운 총안銃眼의 틈으로 내다보이는 스페인의 어느 고적한 평원, 자신의 모습이 고스란히 비쳐 보이는 찬란하면서도 영혼 없는 대지일 것이다. 그렇다. 이제 우리는 우수 어린, 그러면서도 햇빛 찬란한 이 이미지에 시선을 멈추어야겠다. 궁극의 종말, 기다리고 있었지만 결코 원했던 것은 아닌 그 궁극적 종말은 경멸당할 만한 것이다. 「시지프 신화」, 116-117.

봄이 지나가자마자 어느새 재빨리 하늘로 내달은 여름의 황금빛 오렌지가 계절의 절정을 향해
솟구쳐오르더니 익을 대로 익어 터지면서 스페인의 머리 위에 꿀 같은 즙을 흐드러지게 쏟는다.
또 한편에서는 끈적하게 단물이 든 포도 알맹이, 버터색 멜론, 붉은 피 가득한 무화과, 불타는 살구,
이 세상 모든 여름의 모든 과일이 우리네 시장의 진열대로 한꺼번에 쏟아져들어온다.

「정의의 사람들·계엄령」, 145.

← 마요르카의 발데모사 수도원.

스페인 문학 : 세르반테스

스페인 철학자 우나무노의 꿈속에서처럼 돈키호테가 지옥으로 내려가 세상에서 가장 불행한 사람들에게 문을 열어주어야 한다. 그렇게 되면 그날에, 돈키호테의 충격적인 표현대로라면 아마도 "가래와 쟁기가 편력기사단과 합심하게 될" 그날, 박해받은 사람들과 쫓겨난 사람들은 마침내 한데 뭉칠 것이고, 삶의 사납고 열띤 꿈은 세르반테스와 그의 민족이 창조하여 우리에게 전승해준 저 궁극의 현실로 탈바꿈하게 될 것이다. 또한 우리는 역사와 인간들이 마침내 그 현실을 인정하고 기리겠다고 결심하게 되는 그날까지 그 현실을 무궁무진토록 지켜나가야 할 것이다. 「스페인과 돈키호테 정신」, 플레이아드 전집 III, 981.

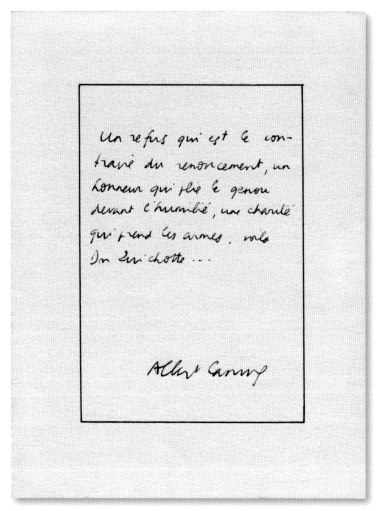

돈키호테에 대한 알베르 카뮈의 정의. "포기와는 반대인 거부, 비천함 앞에서 무릎을 꿇는 경의, 무기를 드는 자비, 이것이 바로 돈키호테다… 알베르 카뮈"

미겔 데 세르반테스.

스페인 문학 : 칼데론 데 라 바르카와 로페 데 베가

로페 데 베가와 스페인 연극은 잿더미가 된 우리 유럽에 오늘날 그들 특유의 무궁무진한 빛과 기상천외의 젊음을 가져와, 우리가 무대 위에서 위대함의 정신을 되찾을 수 있도록 도와줌으로써 마침내 우리 연극의 진정한 미래에 기여하게 될 것이다. 로페 데 베가의 「올메도의 기사」에 붙인 서문, 플레이아드 전집 IV, 172.

1953년 알베르 카뮈는 칼데론 데 라 바르카(1600-1681)의 『십자가의 신앙』을 각색했다. 이 연극은 앙제 연극 페스티벌에서 상연되었다. 위의 사진은 1953년 6월 18일 〈누벨 리테레르〉에 실린 공연 기사다.

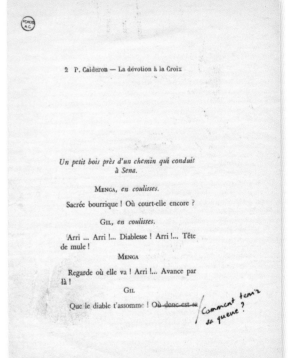

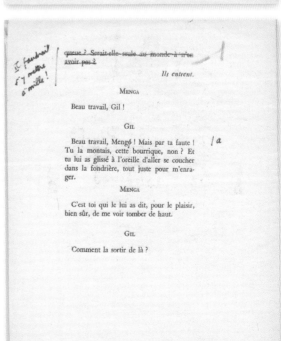

알베르 카뮈가 각색한 『십자가의 신앙』 교정지. →

(이 각색 원고는) 무엇보다 무대 상연을
목적으로, 배우들을 위해 쓴 것이다.
다시 말해 원래 서민 관중 앞에서
보여주었던 극, 요컨대 중세의 성사극과 낭만극의
중간쯤 되는 일종의 종교적 멜로드라마의
전개 방식을 되살려 공연물로 복원해보려는
것이 목적이다. 그 일을 함에 있어 우리는
일찍이 스페인이 낳은 가장 위대한 극적
천재의 대담한 사상과 표현의 도움을 받았다.
최악의 범죄자들에게 광채를 부여하는 우아함,
극에 달한 악이 야기하는 구원은 믿음을 가졌건
가지지 않았건 간에 우리 모두에게 매우 익숙한
주제들이다. 그러나 베르나노스보다
삼백 년 앞서 벌써 칼데론은 『십자가의 신앙』에서
도전적인 방식으로 "모든 것이 다 은총"이라는
생각을 구체적으로 보여주었다. 이런 생각은
현대의 의식 속에서 믿음을 갖지 않은 사람들의
"어느 것 하나 옳은 것이 없다"는 생각에 대한
응답의 시도인 것이다.

칼데론 데 라 바르카의 『십자가의 신앙』에 붙인 서문, 폴리오 테아트르, 36.

연극 〈십자가의 신앙〉 연습 장면. 1953년. 앙제에서. 마리아 카자레스, 세르주 레지아니와 함께.

로페 데 베가는 우리 시나리오 작가들 가운데 가장 으뜸가는
동시에 가장 의미가 풍부한 인물이다. 그는 짧은 장면들을
서로 다른 장소들에 분배 배치하고 배우들의 잦은 등장과
퇴장을 통해서 분할하는 방식을 취한다. 그는 거의 언제나
인물의 심리보다는 움직임을 중요시함으로써 메레디트가
스페인의 위대한 극 전통에 대하여 "빠른 박자로 발을
구르는 것"과 같다고 말한 그 특징을 증거하듯 보여준다.

로페 데 베가의 『올메도의 기사』에 붙인 서문, 플레이아드 전집 IV, 171.

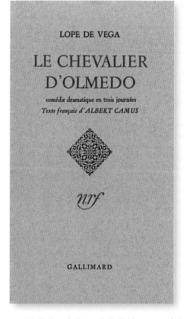

LOPE DE VEGA

LE CHEVALIER
D'OLMEDO

comédie dramatique en trois journées
Texte français d'ALBERT CAMUS

nrf

GALLIMARD

1957년, 알베르 카뮈는 로페 데 베가(1562-1635)의
『올메도의 기사』를 무대용으로 각색했다. 이 극은 그해
6월 앙제 페스티벌에서 공연되었다.

스페인 문학 : 가르시아 로르카와 마차도

〈페데리코 가르시아 로르카〉(부분), 그레고리오 톨레도, 1931년.

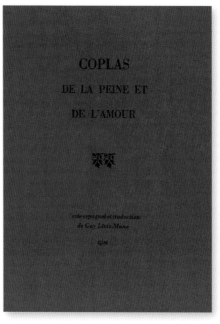

페데리코 가르시아 로르카(1898-1936)의 『고통과 사랑의 사행시』, 알베르 카뮈 소장본.

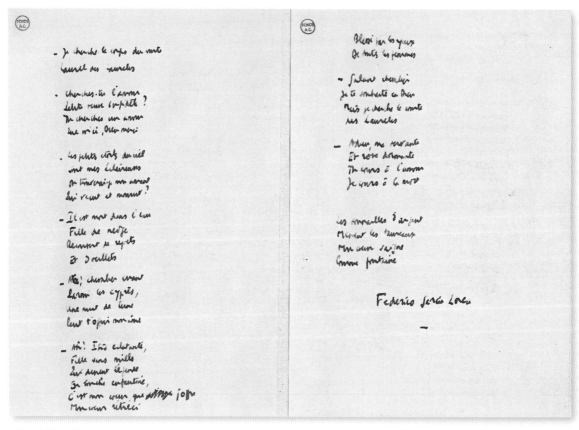

알베르 카뮈가 번역한 페데리코 가르시아 로르카의 시 「7월 어느 날의 발라드」 원고.

〈안토니오 마차도〉, 이그나시오 리베드.

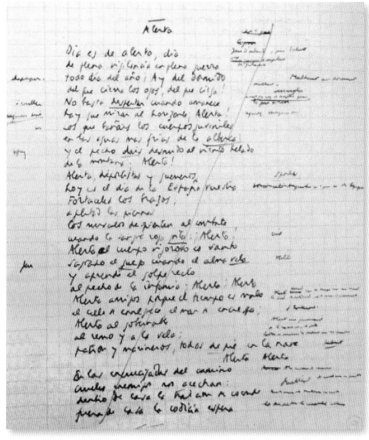

알베르 카뮈가 번역한 안토니오 마차도(1875-1939)의 시 「알레르타」.

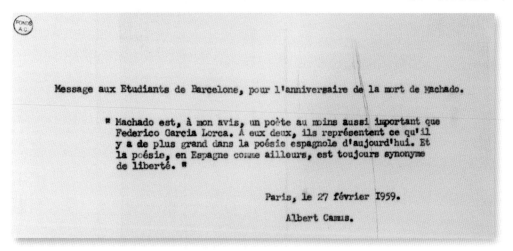

마차도의 추모일에 알베르 카뮈가
바르셀로나의 대학생들에게 보내는 메시지.

만약 우리의 양심이 보다 고요하다면 스페인과 관련한 우리의 무위無爲에 대한 비난이
덜어질 수 있을지도 모른다. 프랑코는 로르카를 죽였다. 그러나 프랑스는 마차도가
집단수용소에서 나와 죽어가는 것을 못 본 체했다. 가르시아 로르카의 살해와
마차도의 죽음에서 이중의 경고를 목도한 사람들은 불의가 바로잡히는 날까지
마음의 평화를 찾지 못할 것이다. 「우리에게 스페인은 여전히 아물지 않는 상처로 남아 있다」, 플레이아드 전집 II, 663.

55

스페인 문학 : 우나무노, 마다리아가, 오르테가 이 가세트

우나무노는 스페인이 과학적 발견에는 별로 기여한 바가 없다고 개탄하는 사람들에게 다음과 같이, 무시하는 것 같기도 하고 겸손한 것 같기도 한 믿기 어려운 대답을 내놓았다. "발명은 그 사람들이 하면 되겠군."
그 사람들이란 다른 나라 사람들을 두고 하는 말이다. 스페인으로 말할 것 같으면 나름의 고유한 발견을 했던 것이다. 우리는 우나무노의 생각을 거스르지 않고 그 발견을 불멸을 향한 열광이라 불러도 좋을 것이다.

「**스페인과 돈키호테 정신**」, 플레이아드 전집 III. 979-980.

미겔 데 우나무노(1864-1936).

진실성에 대한 그토록 주의깊고 그토록 세심하고
그토록 보살핌 가득한 사상, 그에 대해 몸소
삶을 통해 보여준 구체적 실천으로 볼 때
당신은 피레네산맥 저쪽에 아직도 살아 숨쉬고 있는
저 위대한 스페인 전통의 적절한 계승자라고
할 만합니다.

「**자유의 편, 살바도르 데 마다리아가에게 바치는 경의**」, 플레이아드 전집 IV. 571-572.
살바도르 데 마다리아가의 70세 축하 행사에서 행한 알베르 카뮈의 연설 내용.

살바도르 데 마다리아가(1886-1978).

〈호세 오르테가 이 가세트(1883-1955)〉, 이그나시오 술로아가, 1920년.

오르테가 이 가세트. "창조적인 삶은 고도의 위생, 대귀족다운 품위,
의식을 충동하는 끊임없는 자극제 등의 생활 지침을 전제로 한다.
덧붙여, 창조적인 삶은 에너지가 충만한 삶이다." 「작가수첩 III」, 176.

계엄령

1948년. 알베르 카뮈는 카딕스를 배경으로 전개되는 희곡 『계엄령』을 발표한다.
위의 사진은 마리니 극장에서 장 루이 바로, 발튀스와 함께 연습중인 모습.

나는 그 누구의 환심을 사려고 『계엄령』을 집필한 것은 아니었다.
나는 좌파 쪽이건 우파 쪽이건 전체주의를 기반으로 조직되었거나
조직되고 있는 정치적 사회 유형을 공격하고자 했다.
선의의 관객이라면 누구나 이 극이 러시아, 독일, 스페인 어느 나라를 막론하고
전체주의적인 국가의 추상화 성향과 테러에 대항하여 개인, 고귀한 육신, 그리고
이승의 사랑의 편에 서 있다는 사실을 믿어 의심치 않을 것이다.

「왜 스페인인가?」, 「〈콩바〉에서」, 폴리오 에세, 713.

아스튀리 반란 지도자의 체포, 1934년 10월 14일.

ESSAI DE CRÉATION COLLECTIVE

RÉVOLTE
DANS
LES ASTURIES

Pièce en 4 actes

e. c.

A ALGER
POUR LES AMIS
DU THÉATRE DU TRAVAIL

나는 단지 내가 다른 어느 곳에서보다도 더
내 집처럼 편안하게 느낄 수 있는 스페인으로
되돌아가고 싶을 따름이다. 그런데 프랑코가
거기 있는 한 나는 그 나라로 가고 싶지 않다.

「우리에게 스페인은 여전히 아물지 않는 상처로 남아 있다」, 플레이아드 전집 II. 665.

『아스튀리에서의 반란』(샤를로 출판사, 1936) 초판본.
알베르 카뮈가 '노동극단'의 친구들인 마르그리트 도브렌, 잔 시카르, 이브 부르주아와 함께 써서
출판한 최초의 작품이다.

이탈리아

나는 이탈리아로 들어간다. 나의 영혼에 꼭 들어맞는 그 땅이 가까워지고
있다는 징조를 하나씩 하나씩 알아볼 수 있다. 처음 마주치게 되는 비늘 같은
기와를 인 집들, 유화작용硫化作用으로 인하여 푸르게 된 벽에 달라붙은
포도나무들이 그것이다. 마당에 널어놓은 첫 빨랫줄, 어수선하게 흩어진
물건들, 사람들의 마구잡이 옷차림 같은 것들이다. 그리고 처음으로
만나게 되는 실편백나무들(그렇게도 가냘프고 곧은), 첫 올리브나무,
먼지가 뽀얗게 내려앉은 무화과나무.

「영혼 속의 죽음」, 『안과 겉』, 77.

베네치아

거대한 스펀지같이 무겁고 생명 없는 더위가 석호瀉湖를 짓누르며 도시의 머리 위에 무겁게 드리운 채
자유의 다리 쪽의 퇴로를 차단하고, 골목들과 운하들의 터진 곳을 틀어막으며 다닥다닥 붙은 집들 사이의
트인 공간을 꽉 메우고 있었다. (…) 도처에 고양이들이 널브러져 있었다. 이따금 그중 한 마리가
일어나 뜨거운 캄포(작은 광장) 위를 몇 발짝 걸어나가기라도 할 때에는, 지키고 있던 후덥지근하고
사나운 햇빛이 곧 달려들어 때려눕혔다. 운하에 괴어 있는 물 위로 쥐들이 고개를 내미는가 하면
삼 초 후에는 벌써 무거운 덩어리가 되어 물속으로 첨벙 하고 다시 떨어졌다. 후덥지근하고 찌는 듯한
이 열기가 점점 더 늙어가는 이 도시, 비늘이 일어나는 찬란한 궁전들, 집의 토대들, 불덩어리처럼 뜨거운
작은 광장들, 곰팡내 나는 정박 말뚝들을 적나라하게 갉아먹어대니 베네치아는 석호 속으로 한층 더 깊이
가라앉는 것이었다. (…) 이 요지부동의 불길이 몇 시간이 지나도록 지칠 줄 모르고 베네치아를 집어삼키고
있으니, 조금 전까지만 해도 색채와 아름다움으로 광채를 발하던 도시가 단번에, 있지도 않은 바람이
쓸어갈 리 없는 잿더미로 무너져내릴 순간을 기다리게 될 정도였다. 우리는 서로를 떠날 힘도 없는지라
서로서로에게 매달려 뒤엉킨 채, 그러나 일종의 끝없고 기이한 기쁨을 맛보며 이 아름다움의 화형대 위에서
타는 듯 달아오른 채 기다리고 있었다.

『작가수첩 III』, 363-365.

베네치아의 산 마르코 연안과 산 조르조 마조레 성당.

비첸차, 토리노, 제노바

나의 젊음이 이탈리아에서 나를 기다리고 있는 것만 같았다. 새로운 힘과 잃어버린 빛도.

「작가수첩 III」, 171.

알베르 카뮈는 이탈리아에 모두 다섯 번 체류했다. 1936년, 1937년(위의 사진), 1954년, 1955년, 그리고 1959년.

그때 밤이 내렸다. 나는 어느 기둥에 등을 기댄 채 땅바닥에 앉아 있었다. 사제 한 사람이 지나가면서 내게 미소를 보냈다. 성당 안에서는 풍금 소리가 희미하게 들렸는데 그 풍금 소리의 따뜻한 음색이 어린아이들의 떠드는 소리 저 뒤로 이따금 다시 나타나곤 했다. (…) 땅 위의 순례자처럼 무심하면서도 골똘한 모습으로 가고 있는 그 기쁨을 뒤쫓아 나도 한 걸음 한 걸음 나아가지 않으면 안 되었다. 「사막」, 「결혼·여름」, 60-61.

그리고 마침내 비첸차에 다다랐다. 여기서는, 암탉의 울음소리로 흐뭇하게 부풀어오르는 아침으로부터 달콤하고 부드러운 저녁, 실편백나무들 뒤로 비단처럼 드리운 채 이따금 매미의 울음소리가 길게 마름질하는 이 비길 데 없는 저녁에 이르기까지, 하루하루가 제자리에서 한 바퀴 빙글 돈다. 나를 따라다니는 이 내면의 정적은 하루를 다른 하루로 이어가는 느린 시간의 흐름으로부터 생겨난다.

「영혼 속의 죽음」, 「안과 겉」, 77-78.

시내의 넓은 큰길 한복판에
청동 기마상들이 안개 속으로 내닫는다.
그렇게 내닫는 충동 그대로 멈추어 굳어버린
말들의 도시 토리노, 거기서 광인이 된
니체는 몰이꾼에게 매를 맞는 말을 보자
앞을 가로막고 미친듯이 그 콧잔등을
쓰다듬었다고 한다. 「작가수첩 III」, 173.

토리노, 팔라초 레알레 앞의 기마상.

제노바 시내로 오랫동안 산책. 매혹적인,
그리고 내가 기억하고 있는 그 도시와
상당히 닮은 도시. 생이 득시글거리는
작은 골목들의 꽉 조인 코르셋 속에서
멋들어진 모뉴먼트들이 폭발할 듯
솟아 있다. 이곳에서는 아름다움이
즉석에서 만들어져 매일의 생활
속에서 빛을 발한다. 「작가수첩 III」, 176.

제노바의 작은 골목길.

피렌체! 내 반항의 한가운데에는 어떤 동의가 잠자고 있음을 깨닫게 해준 유럽의 몇 안 되는 장소들 중의 하나인 곳. 눈물과 태양이 한데 섞인 이곳 하늘에서 나는 이 땅의 뜻을 받아들이고 그 축제의 어두운 불꽃 속에 훨훨 타오르는 방법을 배우는 것이었다. 「사막」, 「결혼·여름」, 70.

피렌체.

스페인의 어떤 농부들이 그들의 땅에 자라는 올리브나무와 닮아가듯이,
영혼이 제 모습을 드러내 보이는 하찮은 그림자들 따위는
아예 없애버린 조토의 그림 속 얼굴들은 마침내 토스카나가
아낌없이 보여주는 단 하나의 교훈을 통하여 끝내 토스카나 그 자체와
하나가 된다. 감정을 배제한 정념의 수련, 금욕과 쾌락의 혼합,
인간과 대지에 공통된 울림(그것에 의해—대지처럼 인간도 가난과
사랑의 중간 지점에서 스스로를 규정한다)—이것이 바로 그 교훈이다.

「사막」, 「결혼·여름」, 56.

세상에는 피렌체, 혹은 토스카나나 스페인의 작은 도시들처럼,
여행자를 떠받들어주고 한 걸음 한 걸음 옮길 때마다 그를 부축해주어
발걸음을 더욱 가볍게 해주는 도시들이 있다. 반면에 뉴욕처럼
즉각 양어깨를 짓눌러 여행자를 납작하게 깔아뭉개는 도시들도 있으니
거기서는 조금씩 몸을 추스르고 서서히 사물을 바라보는 법을 배워야 한다.

『작가수첩 III』, 178.

피사의 아르노 강.

검고 금빛이 감도는 아르노 강, 노란빛, 초록빛의 모뉴먼트들, 인적 없는 도시, 밤 열시의
피사를 침묵과 물과 돌의 이상한 무대장치로 둔갑시켜놓는 이 돌연하고 교묘한 요술을 어떻게
묘사하면 좋을까? "그때는 이 같은 어느 밤이었지, 제시카!" 이 세상에 둘도 없는 무대 위에서
바야흐로 제신들이 셰익스피어의 연인들의 목소리로 모습을 나타내는데… 『사막』, 『결혼·여름』, 58.

산타 크로체의 조토의 작품들. 자연과 삶을 사랑하는 성 프란체스코의 내면적 미소.
그 미소는 행복의 맛을 아는 사람들에게 존재의 이유를 부여한다. 『작가수첩 I』, 82.

〈성 프란체스코의 생활 장면, 새들에게 설교〉, 조토(1267-1337).

피에솔레의 산 프란체스코 수도원. 회랑에 에워싸인 작은 뜰이 빨간 꽃들과 햇빛과 노랗고 검은 무늬의
벌들로 가득히 부풀어오르는데 그 한구석에는 초록색 물뿌리개 하나. 사방에 파리들이 붕붕대고 있다.
열기에 달궈진 그 작은 정원은 김을 솔솔 내뿜고 있다. 「작가수첩 I」, 87.

피렌체. 산타 크로체 성당의 큰 수도원.

돌기둥들과 꽃들 사이에 갇혀 사는 그 프란체스코 수도사들의 삶과
알제의 파도바니 모래사장에서 일 년 내내 햇볕을 쬐며 지내는
젊은이들의 삶 속에서 나는 어떤 공통된 울림을 느낄 수 있었다.
그들이 헐벗은 채 사는 것은 보다 큰 삶(또다른 내세의 삶이
아니라)을 위한 것이다. 「사막」, 「결혼·여름」, 62-63.

피에솔레의 산 프란체스코 수도원. 성 베르나르디노 다 시에나의 작은 독방.

나는 빌라 보르게세에 면한
어떤 하숙집에 거처를 잡았어요.
전망이 기가 막힌 테라스가
딸린 방입니다. 창문으로 내다볼
때마다 그 비길 데 없는
아름다움에 가슴이 죄어온답니다.
하루종일 이리저리 돌아다니면서
감탄하기도 하고 무심해하기도
하지만, 사랑을 느끼고,
내 친구들인 이탈리아 작가들
(키아로몬테, 실로네, 피오베네,
모라비아)과 식사를 하고,
잠자리에 들기 전에는 정원 앞에
있는 테라스에서 몽상에 잠기지요.
나는 이 나라 사람들과 이곳 하늘을
사랑해요. 나는 스물다섯 살 때
이곳에 왔을 때와 같은
나 자신을 되찾게 됩니다.
그때 나는 이곳에서 문자 그대로
예술이 무엇인지, 예술과 삶이
얼마나 뗄 수 없는 관계를 맺고
있는지를 발견해가고 있었지요.

1954년 12월 2일, 편지.

로마, 팔라초 보르게세의 안뜰.

오후가 저물어갈 무렵 나는 자니콜로 언덕으로 되돌아간다. 산 피에트로 디 몬토리오. 그렇다, 이 언덕은 내가 로마에서 가장 좋아하는 장소다. 다감한 하늘 높이에서 연기처럼 가벼워 보이는 찌르레기떼들이 사방으로 빙빙 돌며 서로 비껴가고 흩어지고 다시 한데 모이는가 싶더니, 소나무들 저 위로 스칠 듯 날다가 다시 하늘로 솟구쳐오른다. 『작가수첩 III』, 182-183.

로마. 자니콜로 언덕에서 본 정경.

거창한 모뉴먼트의 아름다움에는 항상 어떤 속박이 전제되어 있다는 것을.
그래도 그 아름다움은 아름다움이고, 아름다움을 원하지 않을 수는 없지만
속박을 원할 수는 없음을 아는 것은 정말이지 기이하고 참을 수 없는 확실성이다.
그럼에도 여전히 속박은 용납할 수 없는 것이다. 아마도 그 때문에 나는 자연 풍경을
그 무엇보다도 높이 치는 모양이다. 자연 풍경은 그 어떤 불의의 대가로 얻은 것이 아니기에
나의 마음은 그 안에서 자유롭다. 『작가수첩 III』, 180-181.

산타 루치아 거리 뒤편의 '바리오'로 오랜 산책. 이를테면 샹젤리제 뒤쪽에 있는 판자촌이다. 문이 열려 있고 때로는 세 아이가 아버지와 함께 한 침대에서 잔다. 그런데도 남의 눈에 보이는 건 아랑곳하지 않는다. 나폴리가 언제나 축제라는 인상을 주면서 바람에 펄럭이는 저 모든 빨래들은 결국 옷이 부족한 탓에 그날그날 빨아 입지 않으면 안 된다는 현실을 말해주는 것. 그것은 가난의 깃발들이다. 「작가수첩 Ⅲ」, 186-187.

그다음에는 가죽과 말똥 냄새가 나는
축축한 카로첼라를 타고 떠나자. 사람들의 우정은 언제나 별미다.
N은 우리를 포르타 카푸아나 구역으로 안내한다.
오르막 대로. 발코니마다 갓을 씌운 램프들이 놓여 있다.
그래서 그 가난은 별난 축제의 모습을 띠게 된다.
「작가수첩 Ⅲ」, 187.

나폴리의 산 마르티노 오르막길.

파이스툼

내 마음속에서는 티파자와 일맥상통하는 바가 있는 파이스툼을 찾아가보았어요.
까마귀들이 둥지를 틀고 있는 그리스 신전은 세상에서도 가장 젊은 것이지요. 1954년 12월 12일, 편지.

파이스툼의 헤라 신전.

우리는 파이스툼에 당도한다. 여기서 가슴은 잠잠해진다. (…) 해가 져서 철책 문이 닫혀 있었으므로
우리는 성벽을 타 넘어 폐허의 벌판으로 들어간다. 빛이 아주 가까운, 그리고 아직은 푸른
바다로부터 오고 있지만 바다와 마주한 언덕들은 이미 깜깜해졌다. 우리가 포세이돈 신전 앞에 이르자
이미 잠자리에 들었던 까마귀들이 깨어나 엄청난 날갯짓과 비명으로 법석을 떨더니 이윽고
신전 주위로 날아다니다 사방으로 흩어져 내려앉았다. 그러고는 마치 우리 눈앞의,
저 돌로 되어 있으면서도 생생하게 살아 있어서 결코 잊을 수가 없을 어떤 존재의 기막힌 출현을
환영하려는 듯 자리를 뜨는 것이다. 그 시간과 까마귀떼의 검은 비상, 드물게 들리는 새소리.
바다와 언덕들 사이의 공간, 우리는 이 정확하고 따뜻한 기적을 마음에 담는다. 『작가수첩 III』, 189.

핑크빛 스펀지와 금빛 코르크로 빚은 거대한 기둥들이 받치고 있는 이 신전,
그 공기 같은 무게, 무궁무진한 그 존재감 앞에서 맛보는 끊임없는 감탄.
(…) 신전의 주위를 뒤덮고 있는 작은 향일성 식물들의 신선한 냄새. 『작가수첩 III』, 190.

폼페이, 세일레노스와 가면.

가슴을 조이는 것은 폐허가 된 것들이 주는
우수가 아니라 영원한 젊음 속에서
영원히 계속되는 것에 대한 절망적인 사랑,
미래에 대한 사랑이다.

『작가수첩 III』, 190-191.

폼페이. 물론 흥미를 느꼈지만 전혀 감동이 일지 않았다.
때때로 세련되기는 했어도 결코 문명화되지는 못한 로마인들.
무엇 때문에 사람들이 그리스인들과 혼동하는지 도무지 알 수
없는 그 변호사들과 병정들. 그들은 그리스 정신을 최초로,
진정으로 파괴한 자들이다. 그리스는 정복당했으므로 불행하게도
그자들을 정복하지 못하고 말았다. 『작가수첩 III』, 191.

1955년, 알베르 카뮈는 디노 부차티의 희곡 작품 『흥미로운 케이스』를 자유롭게 다시 각색한다. 이 작품은 그해 3월 라 브뤼예르 극장에서 상연되었고, 10월 갈리마르 출판사에서 출판되었다.

연극 〈흥미로운 케이스〉의 연습 장면, 1955년, 파리의 라 브뤼예르 극장.

그라세 출판사는 이제 막 이냐치오 실로네의 소설 『빵과 술』의 탁월한 번역본을 선보였다. 이 역시 우리 시대의 문제들에 깊숙이 참여한 작품이다. (…) 이 책의 절정을 이루는 한 대목은 주인공 피에트로 사카가 이탈리아 농민들의 단순한 삶에 영향을 받으면서, 이탈리아 민족에 대하여 품고 있는 사랑을 왜곡시킨 여러 가지 이론들이 바로 그 자신을 민족으로부터 멀어지게 한 게 아닌지 자문하는 순간이다. 이 작품이 혁명적이라고 평가할 수 있는 것은 바로 이 점 때문이다. '빵과 술', 〈알제 레퓌블리캥〉의 독서 살롱, 1939년 5월 23일.

이냐치오 실로네(1900-1978).

Cher Chiaromonte,

Mon amitié et mon souvenir ne vous ont jamais manqué pendant ces malheureuses années. Je l'ai bien senti à la joie que m'a donné votre lettre. Nous parlions souvent de vous avec Françoise et si je n'ai pu vous écrire depuis un an, c'est que j'ai mené au journal la vie la plus inhumaine et la plus abrutissante.

Maintenant, c'est fini. Je me suis retiré du Combat et je travaille à mes livres. Pour gagner ma vie, je crée une collection pour la N.R.F. J'aurais à vous en parler parce que j'aimerais que vous y figuriez un jour.

Sartre m'avait donné de vos nouvelles. J'avais appris votre mariage. Avec tant de retard, puis-je vous féliciter? Pour moi, j'ai été séparé de Françoise pendant deux ans et demi. Je l'ai retrouvé peu après la libération. Nous restons à nous une fille et un garçon en une seule fois.

니콜라 키아로몬테(1905-1972). 알베르 카뮈는 1941년 오랑에서 그를 만났다.
1946년 뉴욕에서 재회한 이후 두 사람은 1960년까지 계속해서 서신을 주고받는다.

이탈리아 화가들

피에로 델라 프란체스카는(…) 내가 제일 좋아하는 화가입니다. 거리 두기 없이는 예술도 없습니다.
이 화가는 그 점을 잘 알고 있어요. 오늘날에는 거리 두기가 더욱 어렵습니다. 현실이 달려들어 모든 것을
다 잡아먹어버리기 때문이지요. 그렇지만 우리의 책무는 잡아먹히지 않고 현실을 관조하는 일입니다.

알베르 카뮈가 알랭 올리비에에게, 1955년.

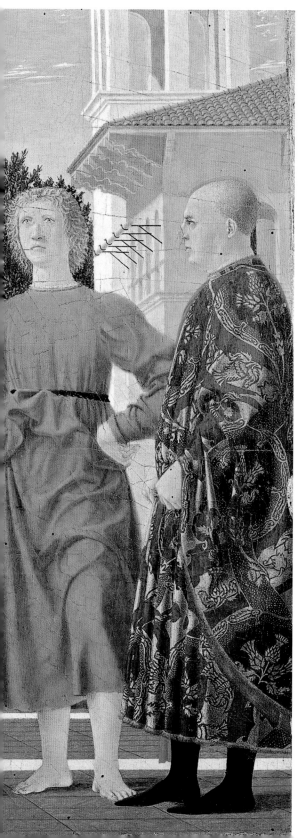

시에나 미술관에 있는 수많은 최후의 심판들 중 한 작품
(조반니 디 파올로). 오른쪽의 행복한 사람들 가운데에는
서로 다시 만나게 된 두 친구가 기쁜 마음에 두 팔을 쳐든다.
왼쪽 지옥에는 시지프와 프로메테우스. 그들의 고통은
끝이 없다. 『작가수첩 III』, 241.

〈최후의 심판, 지옥〉(부분), 조반니 디 파올로(1403?-1492?).

이탈리아 화가들

그렇다, 이탈리아는 자신이 낳은 인간들을 통해 뚜렷이 보여주었던 교훈을 자신의 풍경을 통해서도
아낌없이 보여준다. 「사막」, 『결혼·여름』, 57.

내가 진실이라고 말할 때 그것은 오직
보다 높은 의미의 시詩만을 의미한다.
저 광휘와 빛을 통해 어떤 존재하지도 않는
신에 대하여 끊임없이 말하고 있는,
땅 위에 던져진 인간이 맑고 또렷한 정신으로
외치는 항거의 목소리인 양, 토스카나의
풍경 한가운데서 치마부에서 프란체스카에
이르는 이탈리아의 화가들이 불붙여 쳐들었던
검은 불꽃같이 높은 의미의 시 말이다.

「사막」, 『결혼·여름』, 56.

〈성 프란체스코의 생활 장면. 아레초에서 쫓겨난 사탄〉, 조토(1267-1337).

〈동방박사들의 행렬〉(부분), 베노초 고촐리(1421-1497).

시에나와 피렌체의 원초주의 화가들. 모뉴먼트들을
사람 크기보다 더 작게 그리려고 하는 그들의 고집은
원근법에 대한 무지에 기인하는 것이 아니라
그들이 그림 장면 속에 등장시키는
성자들과 인간에게 바치는
확고부동한 믿음에 기인하는 것이다. 『작가수첩 I』, 85.

토스카나.

등에 배낭을 메고 몬테 산 사비노에서 시에나로 가는 길을 다시 걸어보고 싶고,
지평선까지 뻗어 있는 푸르스름한 응회암의 그 언덕들을 지나 지금도 완연히
그 냄새가 느껴지는 올리브나무와 포도나무 밭을 따라 걸어보고 싶고,
그리하여 저물어가는 저녁 빛 속에서 시에나가 그 첨탑들과 함께 완벽한
콘스탄티노플인 양 그 자태를 드러내는 것을 보고 싶다. 밤이 되어 무일푼으로
그곳에 혼자 도착해 분수 옆에서 잠을 자고, 그리스 시대 이후 인간이 만든
가장 위대한 것을 바치는 어떤 손인 양 손바닥 모양을 한 캄포에 제일 먼저 가
있고 싶다. 그렇다. 나는 아레초의 경사진 광장을, 시에나에 있는 캄포의
조가비를 다시 보고 싶고, 베로나의 뜨거운 골목길에서 수박을 쪼개어
입을 대고 그 속을 파먹고 싶다. 늙으면, 이 세상 그 어느 곳과도 비길 데 없는
시에나의 이 길 위로 돌아올 기회가 있기를 바란다. 그리하여 오로지
내 사랑하는 저 낯모를 이탈리아 사람들의 선량한 마음씨에 둘러싸인 채
어느 구덩이에 묻혀 죽고 싶다. 「**작가수첩 III**」, 240-241.

그리스

지중해에는 안개의 비극성과는 판이한, 태양의 비극성이 있다.
어느 저녁나절 바닷가 산기슭에, 나무랄 데 없는 곡선을 그려 보이는
아담한 해안선 위로 어둠이 내리면, 그때 고요한 바닷물에서 가슴을
저릿하게 하는 어떤 충일감 같은 것이 솟아오른다. 이런 장소에서라면,
고대 그리스 사람들이 절망의 바닥까지 가닿게 되었다고 할 때,
그것은 언제나 아름다움을 통해서, 그리고 아름다움이 지닌 숨막힐 듯한
그 무엇을 통해서였음을 이해할 수 있게 된다. 「헬레네의 추방」,「결혼·여름」, 135.

앞의 두 페이지
포세이돈 신전에서 바라본 바다, 수니온 곶, 1937년.

파리 출발. (…) 알프스 지역, 그리고 바다 위에서 하나씩 우리를 마중나오는 섬들. 코르시카, 사르데냐, 멀리 엘바 섬과 칼라브리아, 황혼빛 속에서 케팔레니아 섬과 이타키 섬은 거의 보이지 않는다. 이윽고 그리스 해안. 그러나 어둠 속에서 펠로폰네소스의 근육질 손은 눈풀꽃에 덮인 어둡고 신비한 대륙으로 변하고, 거기서 이따금 눈 덮인 산봉우리들이 빛난다. 아직 훤한 하늘에서 별이 몇 개, 이윽고 초승달, 아테네.

『작가수첩 III』, 205.

1939년 전쟁으로 인하여 여행 계획이 무산된 뒤, 알베르 카뮈는 결국 1955년(위의 항공권)과 1958년, 두 번 그리스로 간다.

아크로폴리스에서 알베르 카뮈. 1955년.

바람에 깎이다못해 뼈가 드러나 보일 정도가 된 신전들과 땅바닥의 돌 위로 오전 열한시의 빛이 한가득 쏟아지고, 다시 튀어오르고, 부서져서 타는 듯 뜨겁고 흰 수천 개의 칼날들이 된다. 빛이 내 눈을 쑤시며 눈물이 흐르게 하고, 몸안으로 아프도록 빠르게 들어와 속을 비워버리고 매우 육체적인 일종의 불법 침입에 내 몸의 문을 열어주는 동시에 그 몸을 깨끗이 씻는다. 습관의 도움으로 두 눈이 조금씩 열리고, 빛의 크레졸에 의하여 정화되고 걸러진 한 존재의 품안에 기상천외의(그렇다, 이 고전주의의 기막힌 대담성, 내겐 바로 이것이 놀랍기만 하다) 장소의 아름다움이 와서 안긴다. (…) 여기서 우리는, 바로 그때 완벽함에 도달했다는, 그리하여 그때 이후 세계는 끊임없이 쇠퇴해왔다는 생각을 물리친다. 그러나 그 생각이 끝내 가슴을 짓이겨버린다. 여전히, 그리고 언제나 그 생각을 물리쳐야 한다. 우리는 살고 싶다. 그 생각을 믿는 것은 곧 죽는 것을 의미한다. 『작가수첩 III』, 206-207.

아테네의 아크로폴리스.

건축가들이 조화로운 척도에 초점을 맞춘 것이 아니라
깜짝 놀랄 만큼 기상천외한 곳#, 광대한 만에 던져진
섬들, 소용돌이치는 넓고 넓은 소라고둥 같은 하늘을
노련하게 활용한 아크로폴리스의 기막힌 대담성 앞에서
다시 한번 환희의 기쁨을 맛본다. 그들이 건설한 것은
파르테논 신전이 아니라 광란하는 원근법 속에
펼쳐놓은 공간 그 자체다. 「작가수첩 III」, 211.

대리석 여인상, 520년경.

역사의 물결에 휩쓸려 거기 지하실 속에 처박힌 채
먼지와 지푸라기들을 뒤집어쓰고도 그 여신상들은 여전히
미소 짓고, 그 미소는 이십오 세기라는 긴긴 세월을 넘어
아직도 저 위에서 우리의 마음을 따뜻하게 데워준다.

「작가수첩 III」, 209.

프로메테우스

신화는 그것 자체로는 생명이 없다. 그것은 우리가 그것에다 피와 살을 부여해주기를 기다린다.
이 세상에서 단 한 사람이라도 그 부름에 응답하면 신화는 우리에게 그 싱싱한 생명의 즙을
본래 그대로 제공해준다. 「명부의 프로메테우스」, 「결혼·여름」, 121.

〈프로메테우스〉, 귀스타브 모로(1826-1898).

역사의 가장 어두운 중심에서 프로메테우스의 인간들은 그들의 벅찬 직무의 일손을 멈추지 않으면서도 대지 위로, 그리고 지칠 줄 모르고 자라는 잡초들 위로 눈길을 던질 것이다. 사슬에 묶인 영웅은 신들이 내리는 천둥 번개 속에서도 인간에 대한 그의 차분한 믿음을 잃지 않은 채 간직하고 있다. 이렇기에 그는 그를 비끄러매고 있는 바위보다도 단단하고 독수리보다도 참을성이 있는 것이다. 우리에게는 제신들에 대한 반항 이상으로 그 오랜 끈기가 더 의미심장한 것이다. 그리고 어느 것 하나 따로 갈라놓지 않고 제외시키지도 않으려는 저 탄복할 만한 의지야말로 고통에 몸부림치는 인간의 마음과 이 세계의 봄을 항상 화합시켜주었고 앞으로도 계속 화합시켜줄 것이다.

「명부의 프로메테우스」, 「결혼·여름」, 122.

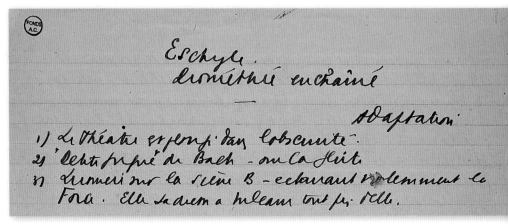

알베르 카뮈가 각색하려고 구상한 아이스킬로스의 『사슬에 묶인 프로메테우스』 원고, 1937-1938년.

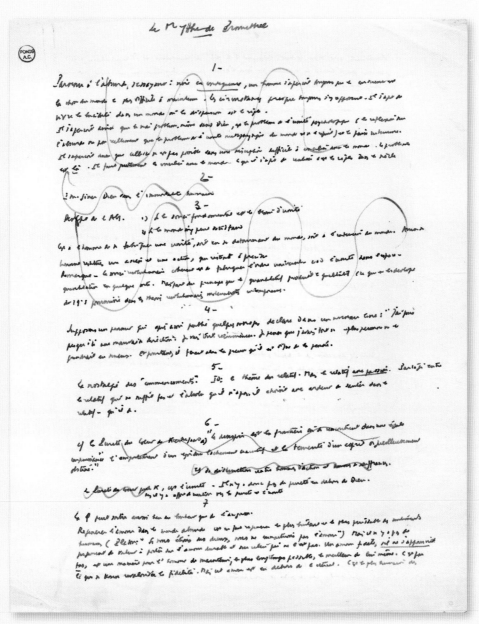

「프로메테우스 신화」를 위한 알베르 카뮈의 메모.

나는 때때로 오늘날의 인간이 과연 구원받을 수 있을지에 대하여 의혹을 품곤 한다.
그러나 그 후손들의 육체와 정신을 아울러 구원하는 것은 여전히 가능하다. 그들에게는 행복의 기회와
아름다움의 기회를 동시에 제공하는 것이 가능하다. 만약 우리가 마지못해 아름다움을, 그리고
그 아름다움이 의미하는 자유를 누리지 못한 채 살아갈 수밖에 없다고 체념해야 한다 해도,
프로메테우스 신화는 인간의 훼손은 그 어떤 훼손이든 다만 일시적인 것일 뿐임을,
그리고 인간을 온전히 다 받들지 않는다면 인간을 전혀 받들지 않는 것임을 우리에게 상기시켜주는
신화들 중의 하나인 것이다. 「명부의 프로메테우스」, 「결혼·여름」, 121-122.

미케네, 델포이

이 세상에서 가장 아름다운 밤이 미케네의 사자들 위로 조금씩 조금씩 내려 덮인다. 산들의 색깔이
차츰 짙어지더니 마침내는 지평선에까지 서로 화답하듯이 뻗어가던 십여 개의 연봉連峯들이 단 한 줄기의
푸른 이내로 변해버린다. 이 거대한 토막의 영원을 맞아들이기 위해서라면 그토록 멀리서 찾아올 가치가 있다.
이런 경험을 거치고 나면 이제 더이상 아무것도 중요하지 않게 된다. 「작가수첩 III」, 219.

미케네, 북부 성벽 터와 그 주변 지역.

까마득히 먼 곳까지 올리브나무들이 잿빛으로 뒤덮고 있는 이 평원은 폭이 십 킬로미터가 채 넘지 않는다.
그렇지만 그 규모가 너무도 아득하고 산과 바다의 조망이 너무도 광활하여 인간의 눈으로
볼 수 있는 것으로는 가장 드넓은 왕국이라 하지 않을 수 없다. (…) 이런 장소들이 짊어질 수 있는 것은
오직 특정한 사상들뿐이다. 이런 장소들은 인간으로 하여금 따르도록 강요하는 것이 아니라
스스로 존재하도록 권한다. 이런 장소들을 보면 조여오던 가슴도 이내 자신의
가장 깊은 욕망을 향하여 침잠한다. 뭐라고 형언할 수는 없지만 누구나 다 알고 있는 욕망. 인간의 삶을
지속시키고 그의 지배력을 드높이는 욕망. '인간의 책무', 〈렉스프레스〉, 1955년 4월 14일, 플레이아드 전집 III, 1017.

델포이의 아폴론 신전.

델포이. 늘 같은 햇빛. 그러나 이번에는 그다지 어마어마하지는 않은, 돌들뿐 나무 한 그루 없는
고지대로 내리는 햇빛. 이때야 비로소 우리는 그리스가 무엇보다도 곡선이나 직선으로 된,
그러나 늘 특정한 외형을 갖춘 공간임을 느낄 수 있다. 땅 전체가 하늘의 윤곽을 그려 보이면서
하늘에 형태를 부여하지만 반면에 하늘은 이러한 부각 효과가 없다면 아무것도 아니라고 할 수 있다.
이 같은 부각 효과에 의하여 하늘은 조화롭게 닫히면서 그것 자체의 공간을 형성하니 말이다. 『작가수첩 III』, 219.

델포이의 톨로스.

오이디푸스

있을 수 있는 유일한 정화淨化는 결국 그 어떤 것도 부정하지 않고 그 어떤 것도 배제하지 않는 것, 그러니까 존재의 신비, 인간의 한계, 그리고 끝으로 무엇인가를 모르면서도 은연중에 알게 되는 저 질서의 세계를 받아들이는 것이라고 하겠다. "모든 것이 다 잘되었다"라고 오이디푸스는 말하고 눈이 멀었다. 이제부터 그는 더이상 아무것도 보지 못하면서도, 안다. 그의 어둠은 곧 빛이다. 그리고 눈빛이 영원히 꺼져버린 그 얼굴 위에서 비극적인 세계의 가장 드높은 교훈이 빛을 발한다.

「비극의 미래에 대하여」, 1955년 4월 29일, 플레이아드 전집 Ⅲ, 1117.

비극은 인간이 오만(혹은 아이아스의 경우처럼 어리석음)으로 인하여, 어떤 신의 모습으로 육화되거나 사회 속에 구상화된 신적 질서에 이의를 제기할 때 생겨난다. (…) 그 결과 비극 내부에서 그 균형을 깨뜨리는 경향을 보이는 것은 무엇이나 다 비극 그 자체를 파괴한다. 만약 신적 질서가 그 어떤 이의 제기도 상정하지 않은 채 오로지 잘못과 뉘우침만을 용납한다면, 비극은 존재하지 않는다.

「비극의 미래에 대하여」, 1955년 4월 29일, 플레이아드 전집 Ⅲ, 1116.

〈오이디푸스〉, 앙리 드 바로키에.

에피다우로스의 원형극장.

아이스킬로스는 흔히 우리를 절망하게 한다.
그러면서도 그는 빛을 발하고 다시금 우리의 마음을
따뜻하게 해준다. 그의 세계의 한복판에서 우리가
만나는 것은 생기 없는 무의미가 아니라 수수께끼,
다시 말해서 너무나 눈이 부신 나머지 우리가 제대로
판독하지 못하는 어떤 의미다. 그와 마찬가지로,
이 수척한 시대에 아직도 살아남아 있는,
자격은 없지만 악착스럽게 충실한 그리스의 후예들에게
우리 역사의 화상火傷은 견딜 수 없는 것처럼 여겨질 수
있지만, 그들은 그 역사의 화상을 이해하고자 하기 때문에
결국은 그것을 견뎌낸다. 우리가 성취해야 하는
과업이 비록 어둡고 캄캄한 것일지라도 그 한가운데에는
오늘 저 들과 언덕들 어디에서나 똑같은 모습으로 절규하고
있는, 다할 길 없는 어떤 태양이 빛나고 있다.

「수수께끼」, 『결혼·여름』, 153.

알베르 카뮈가 1955년 아테네에서 강연한
'유럽 문명의 미래' 타자본의 수정 원고

시지프

신들은 시지프에게 바위를 산꼭대기까지 끊임없이 굴려 올리는 형벌을 내렸었다.
그런데 이 바위는 그 자체의 무게 때문에 산꼭대기에서 다시 굴러떨어지곤 했다. 「시지프 신화」, 183.

〈시지프의 바위〉, 알릭스 마르케의 조각.

『시지프 신화』는 1942년 갈리마르 출판사에서 출간됐다.
『이방인』『칼리굴라』『오해』와 더불어
알베르 카뮈 작품의 첫번째 사이클, '부조리'를 구성한다.

그러나 시지프는 신들을 부정하며 바위를 들어올리는 한 차원 높은 성실성을
가르친다. 그 역시 만사가 다 잘되었다고 판단한다. 이제부터는 주인이
따로 없는 이 우주가 그에게는 불모의 것으로도, 하찮은 것으로도 보이지
않는다. 그에게서는 이 돌의 부스러기 하나하나, 어둠 가득한 이 산의 광물적 광채
하나하나가 그것만으로도 하나의 세계를 형성한다. 산꼭대기를 향한 투쟁
그 자체가 인간의 마음을 가득 채우기에 충분하다. 우리는 행복한 시지프를
마음속에 그려보지 않으면 안 된다. 「시지프 신화」, 188-189.

《시지프 신화》, 아풀리아의 항아리(부분), 기원전 330년.

『시지프 신화』의 미국판에 붙인 서문 원고, 1955년.

인간이 그의 생활로 되돌아가는 이 미묘한 순간에 시지프는 자기의 바위를
향하여 돌아가면서 서로 아무런 연관도 없는 이 행위들의 연속을,
그 자신에 의해 창조되고, 그 자신의 기억의 시선 아래서 통일되고,
머지않아 죽음에 의해 봉인될 그의 운명이 되는 이 행위들의 연속을 응시한다.
그렇게, 인간적인 모든 것의 근원은 전적으로 인간적인 것임을 확신하면서,
보고자 원하되 어둠은 끝이 없다는 것을 알고 있는 눈먼 시지프는
지금도 여전히 걸어가고 있다. 바위는 또다시 굴러간다. 「시지프 신화」, 188.

네메시스

우리는 아름다움을 추방해버렸지만 그리스 사람들은 그 아름다움을 위하여 무기를 들었다.
이것이 으뜸가는 차이인데 그 차이의 근원은 아득히 먼 곳에 뿌리내리고 있다. 그리스 사상은 항상
한계의 관념을 방패로 삼았다. 그것은 신성神性과 인간의 이성 그 어느 쪽도 극단까지 밀고 나가지 않았다.
그 어느 쪽도 부정하지 않았기 때문이다. 그것은 빛으로 어둠과 균형을 유지하면서 모든 요소를 골고루
다 존중했다. 「헬레네의 추방」, 『결혼·여름』, 135-136.

람누스(아티카)의 네메시스 신전.

I C Myth de Sisyphe (absurde) II C M. de Promethei (révolte) III de M de Nemesis

절도의 여신 네메시스 상.

그와는 반대로 우리 유럽은 전체성을 차지해보겠다고 덤벼든 무분별의 딸이다.
유럽은 제가 찬양하지 않는 것이면 무엇이든 다 부정하듯 아름다움을
부정한다. (…) 유럽은 미쳐 날뛰며 영원한 한계선을 뒤쪽으로 밀어낸다.
그러자 즉각 음산한 복수의 여신들인 에리니에스가 유럽을 덮쳐 갈기갈기
찢어놓는다. 네메시스. 복수가 아니라 절도節度의 여신인 그녀가 자지 않고 감시한다.
한계선을 넘는 자들은 모두 그 여신에게 가차없이 벌을 받는다.

「헬레네의 추방」, 「결혼·여름」, 136.

끊임없이 둥근 수평선 저 위로 새로운 섬들이 나타났지요. 나무 한 그루 서 있지 않은 섬의 등성이가
하늘과의 한계선을 뚜렷이 그어주고 있었고 바위투성이의 섬 기슭은 바다와 선명한 경계를 이루고 있었어요.
(…) 작은 배에 몸을 싣고 이 섬에서 저 섬으로 끊임없이 옮겨가노라면 배는 사실 느릿느릿 미끄러져가고
있는데도 마치 파도 거품과 웃음이 가득한 질주에 취해 서늘하고 짧은 파도의 물마루를 밟고 밤낮없이
껑충껑충 뛰어오르는 느낌이었지요. 「전락」, 101-102.

키클라데스제도, 시로스 섬.

마리아 카자레스, 미셀 갈리마르와 자닌 갈리마르.
이오 프라시노스와 마리오 프라시노스 등과 함께 그리스 여행중에,
1958년 4월-5월.

미코노스

우리가 미코노스로 내려갔을 때 밤이 왔다. 가옥만큼이나 많은 교회들. 모두가 하얗다. 온갖 색깔의
상점들이 문을 연 작은 골목들을 헤매고 다닌다. 완전히 어두워진 골목에서 우리는 인동꽃 향내와 마주친다.
하얀 테라스들 위로 달빛이 여리게 빛난다. 『작가수첩 III』, 225.

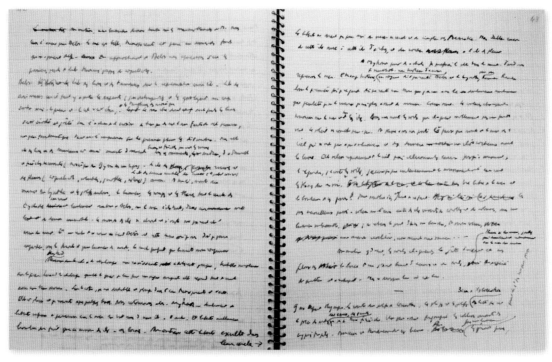

그리스에 관한 수기 원고, 『작가수첩 III』 공책 제8권 일부.

미코노스.

우리는 환하게 빛나는 바다 위의 그 먼 섬들 한가운데로
항해한다. 바다에는 가벼운 주름살이 진다.
오랫동안 시로스를 끼고 달리자 곧 미코노스가 나타난다.
시간이 갈수록, 레네이아에 가려서 아직은 보이지 않고
델로스 쪽을 향하여 내밀고 있는 그 섬의 뱀 머리 같은
모습이 먼 곳에 더욱 뚜렷해진다. 『작가수첩 III』, 224.

사모트라케 섬.

바다에서. 달빛 아래 바다, 그 말없는 넓이. 그렇다, 내가 마음 편히 죽을 권리가 있다고
느껴지는 곳은 바로 여기다. "나는 약했다. 그러나 나는 내가 할 수 있는 한은 다했다"고
말할 수 있는 곳은 바로 여기다. 『작가수첩 III』, 88.

델로스, 사모스

델로스.

또한 폐허와 꽃들(개양귀비, 메꽃, 무꽃, 쑥부쟁이)의 섬. 박물관에 전시된, 팔다리가 잘려나간
신들(쿠로스, 청년 조각상)의 섬. 정오에 킨토스 산의 정상에 오르다. 주위로는 만灣과 빛과 붉은색과 흰색.
원을 그리며 에워싸고 있는 키클라데스제도가 빛나는 바다 위에서, 델로스를 중심으로 하여 일종의 정지된
춤 같은 움직임으로 천천히 돈다. 이 섬들의 이토록 좁으면서도 이토록 광대한 세계가 내게는 세상의
심장부인 것 같아 보인다. 그 심장의 한가운데에 델로스가 있고, 지금 내가 서 있는 그 정상으로부터 나는
세상의 곧고 순결한 빛을 받으며 내 왕국의 경계선을 그어 보이는 완벽한 원을 내려다볼 수가 있다.

『작가수첩 III』, 226.

그리스에서, 1955년.

사납게 불어오는 북풍이 우리를 파트모스의 어느 해안으로 몰아넣으니 섬에서 섬으로 돌아다니던 우리의 질주가 돌연 멈추어버렸어요. (…) 이런 햇볕 쪼이는 마르모트 생활이 마음에 꼭 들어요. 이렇게 하여 나는 마침내 내게 필요한 마음의 평화와 균형과 힘을 얻으니 말입니다.

1958년 6월 16일, 편지.

델로스. 사자들과 황소들의 섬. 그들의 형상이 동물의 섬을 뒤덮고 있다. 거기에 뱀과 (…) 몸은 짙은 색이지만 꼬리와 머리는 옅은 녹색인 도마뱀들과 모자이크 돌고래들도 추가해야겠다.

『작가수첩 III』, 225.

델로스.

로도스의 린도스

린도스의 아크로폴리스 앞으로 펼쳐진 생 폴 만.

우리 등뒤에 떠다니는 바다 위의 바윗덩어리들. 흩뿌려진 대륙들. 로도스에서 우리는 키 낮은 밀이 핀 들판 한가운데 다다른다. 밀은 바람에 파도처럼 흔들리며 푸른 바다 쪽으로 달린다. 화려한 꽃핀 섬.

『작가수첩 III』, 302.

12시 30분. 린도스.
거의 폐쇄된 작은 자연항. 완벽한
만의 모습. (…) 만의 저 위에서는 우선
마을의 하얀 집들이 굽어보고, 다음에는
중세시대의 성벽들이 요새처럼 에워싸고
있는 아크로폴리스가 굽어본다.
그 성벽들 한가운데에는 도리아식 기둥의
주간柱間들이 불쑥불쑥 솟아 있다.

『작가수첩 III』, 303-304.

로도스 섬으로 돌아오는 고기잡이배.

그리스에서, 1958년.

나는 오로지 내가 사랑할 수 있는 다른 사람들과 더불어 성취하는 직업, 혹은 일에
파묻혀 있을 때에야 비로소 행복했고 마음이 편해지는 것이었다. 내게 직업이란 없다.
오로지 소명받은 천직이 있을 뿐. 그리고 나의 일은 외로운 일이다.
나는 그것을 받아들이고 그것에 값하는 인물이 되려고 노력해야 한다.
지금의 나는 그렇지 못하지만. 그런데 하고 있는 일에 만족하며 행복해하고 있는
이 사람들을 앞에 두고 나는 왠지 울적한 기분에서 헤어날 수가 없다.

『작가수첩 III』, 218.

산토리니 섬.

전쟁이 나던 해, 나는 율리시스의 순항 길을 다시 한번 더듬기 위하여
배를 타기로 되어 있었다. 그 시절에는 가난한 한 젊은이도 빛을 찾아 바다를
건너질러가는 화려한 계획을 세울 수 있었던 것이다. 그러나 나는 그때 남들처럼
했다. 배를 타지 않은 것이다. 나는 지옥의 열린 문 앞에서 서성거리며 줄을
서고 있는 사람들 사이에 끼어 있었다. 차츰차츰 우리는 지옥 속으로 들어갔다.
무고하게 학살당하는 사람들의 첫번째 외마디소리와 함께 문이 우리 등뒤에서
철커덕 닫혀버렸다. 우리는 지옥 속에 들어가 있었고 그후 다시는 밖으로 나오지
못했다! 육 년이라는 긴 세월 동안 우리는 그 속에서 어떻게든 무어라도 해보려고
발버둥을 치고 있다. 행복의 섬의 저 애틋한 환영들은 이제 앞으로 다가올,
불도 태양도 없는 또다른 긴긴 세월의 저 깊숙한 밑바닥에서밖에는 더이상
우리의 눈에 보이지 않는다. 「명부의 프로메테우스」, 「결혼·여름」, 118-119.

유럽

Europe

1914년 10월 11일 뤼시앵 카뮈가 마른 전투에서 사망했다. 그의 아들 알베르는 세상에 태어난 지 겨우 11개월. 프랑스와 유럽이 그 가족들에게 제일 먼저 겪게 해준 참혹함과 두려움이 어떤 것이었을지는 충분히 상상할 수 있다.

길지 않은 시간 동안 중부유럽을 여행해본 경험이 전부였던 알베르 카뮈는 1940년 프랑스에 도착한다. 그의 나이 스물일곱 살 때였다. "지중해에는 안개의 비극성과는 판이한, 태양의 비극성"*이 있는데, 카뮈는 갑자기, 그리고 어쩌면 더 고통스러운 방식으로, 안개 낀 비극성의 세계와, "(그)에게는 곧 청춘의 종말이었던 그 전쟁의 시절"**과 대면하게 된 것이다. 바로 거기서 그는 자신을 비춰주던 빛의 도움도 받지 못한 채 암중모색으로 '정오의 사상'을 구축하지 않으면 안 되었다. 그는 "정의를 실현하려는 요구가 오래가면 그것을 낳아준 사랑을 메마르게 한다"는 사실을 깨닫는 한편 "절도를 지향하는 고단한 집념"***을 발견하게 된다.

1950년대의 유럽은 냉전의 유럽이요, 공산주의와 자본주의가 서로 대결하는 유럽이라는 사실을 잊어서는 안 된다. 나치 집단수용소로 인하여 돌이킬 수 없는 상처를 입은 유럽은 이제 또다시 소비에트 굴라크의 야만성과 핵전쟁의 위협을 겪게 된다.

바로 이런 이유들 때문에 이 책의 2부는 1부보다는 좀 덜 "유쾌한" 모습을 보인다. 그렇다고 해서 비관적인 것은 아니다. 유럽에서건 다른 곳에서건 인간들과 자연과 아름다움은 그 나름의 자리가 있다. 알베르 카뮈는 이곳에서 역시 "오랫동안 속임수로 달래려다가는 결국 존재 자체가 말라 오그라들고 말 두 가지 갈증, 즉 사랑과 찬미라는 갈증"****을 충분히 채울 수 있었다.

---

* 「헬레네의 추방」, 『결혼·여름』, 135.
** 「티파자에 돌아오다」, 『결혼·여름』, 158.
*** 『반항하는 인간』, 492.
**** 「티파자에 돌아오다」, 『결혼·여름』, 165.

CAMUS

Nom 24

Prénoms .... Lucien Auguste

Grade .... 2ᵐ Classe

Corps .... 1 Régᵗ de Zouaves

Nᵒ { 12373 au Corps. — Cl. 1905
Matricule. { 1037 au Recrutement .... Alger

Mort pour la France le ...... 11 Octobre 1914

à ... Hôpital auxᵉ 302 à St Brieuc
                                        côtes du nord
Genre de mort .... suite de blessures de guerre

Né le .... 28 Novᵇʳᵉ 1885

à ... Ouled Fayet Département .... Alger

Arrᵗ municipal (pʳ Paris et Lyon), }
      à défaut rue et Nᵒ. }

Jugement rendu le ....

par le Tribunal de .... D.C.

acte ou jugement transcrit le ....

à ..... Extrait du registre des décès
           adressé à St Brieux
                                        (Côtes du N
Nᵒ du registre d'état civil ....

정면으로 본 유럽

그는 '1885-1914'라고 새겨진 생몰 연대를 읽으면서 자동적으로
나이를 계산해보았다. 스물아홉 살. 갑자기 어떤 생각이 뇌리를 스치는 듯
그는 몸속 깊숙한 곳까지 동요를 느꼈다. 그 자신은 마흔 살이었다.
저 무덤 돌 밑에 묻힌 사람은 그의 아버지였지만 그 자신보다 나이가 아래였다.
그러자 문득 정다움과 연민의 물결이 굽이쳐 와 그의 가슴속을 가득 채워놓는
것이었다. 그러나 그 물결은 고인이 되어버린 아버지를 향하여 아들이
느끼는 영혼의 움직임이 아니라 억울하게 죽은 어린아이 앞에서 다 큰 어른이
느끼는 사무치는 연민의 감정이었다. 이치에 맞지 않는 무엇인가가 있었다.
아들이 아버지보다 나이를 더 많이 먹었으니 솔직히 말하자면 이치고 뭐고
없었고, 있다면 오직 광기와 혼돈뿐이었다. 눈에 잘 들어오지도 않는
무덤들 사이에 꼼짝 않고 서 있는 그의 주위에서 시간의 연속성이 깨어지고
있었다. 「최초의 인간」, 폴리오, 34.

뤼시앵 카뮈, 전사하다

번쩍거리고 말쑥한 새 군복을 입고 밀짚으로 만든 모자를 쓴,
아랍인들과 프랑스인들로 구성된 알제리 사람들의 무리는
수백 미터 떨어진 거리에서도 알아볼 수 있는 붉은색 푸른색
과녁들이 되어 무더기로 불구덩이 전투에 투입되었고,
무더기로 섬멸됐다. (…) 이리하여 알제리의 방방곡곡에서는
매일같이 수백 명의 고아들이 생겨나서는 장차 배움의 기회도
물려받을 유산도 없이 살아가는 방법을 배우지 않으면 안 되었다.

「최초의 인간」, 폴리오, 82.

주아브 부대
군복 차림의
뤼시앵 카뮈.

마른 전투중 바르시에서 싸우는 프랑스군 주아브(알제리 원주민 보병) 부대. 1914년 9월.

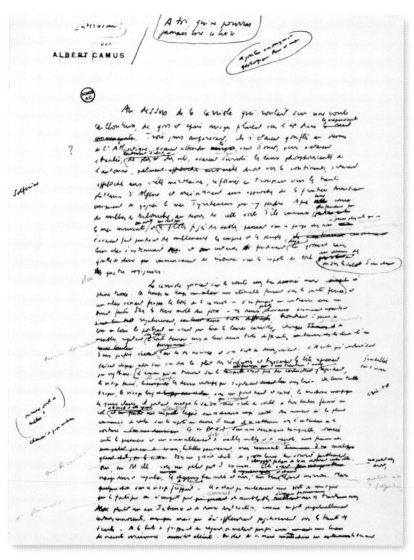

『최초의 인간』 원고 첫 페이지. 상단에는
알베르 카뮈가 그의 어머니에게 바친 헌사 :
"이 책을 결코 읽지 못할 당신에게."

휴식중인 주아브 부대.

전몰장병 유자녀 알베르 카뮈와 그의 형 뤼시앵 카뮈.

어머니 카트린 엘렌 생테스 부인.

그 나머지 일은 상상으로 그려볼 수밖에 없었다. 그러나 어머니가 그에게 해줄 수 있는 말을 통해서 상상해보는 것은 아니었다. 역사와 지리에 대해서는 아예 아무것도 모르고, 아는 것이라곤 다만 자신이 바다 가까운 땅에 살고 있으며, 프랑스는 그녀 역시 한 번도 건너가본 적이 없는 바다 저편에 있다는 것뿐인 어머니였다. 사실 그녀에게 프랑스는 불확실한 어둠 속 어딘가에 놓여 있는 알 수 없는 어떤 곳이었다.

「최초의 인간」, 폴리오, 79.

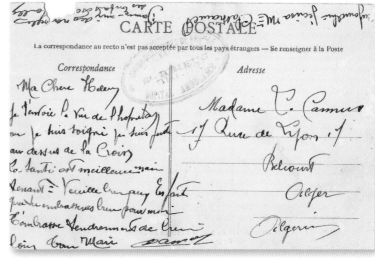

왼쪽
뤼시앵 카뮈가 전쟁에서
성실하게 임무를 수행하였음을
인정하는 증명서.

오른쪽
알제 시청에서
카트린 카뮈에게 보내온
남편의 전사 통지서.

1936년 여름, 중부유럽 여행

사람들은 우리에게 어떤 나라나 어떤 민족을 사랑하거나 멸시하라고 한다. 그러나 우리는
우리가 모든 사람과 닮았다는 것을 너무나도 확실하게 느끼기 때문에 그런 선택을 받아들일 수가 없다.

『시사평론 II』, 폴리오 에세. 144.

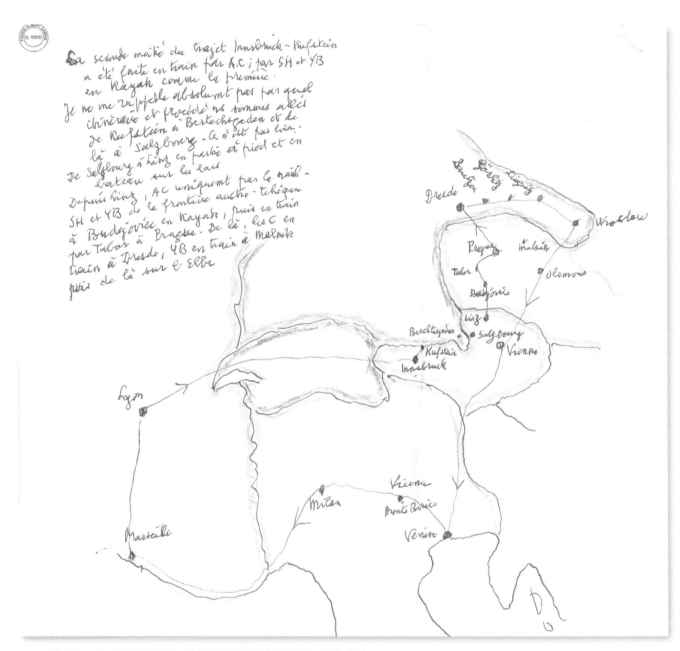

1936년 여름, 알베르 카뮈는 첫 부인 시몬 이에, 친구 이브 부르주아와 함께 중부유럽으로 여행을 떠난다.
그들은 프랑스, 독일, 체코, 오스트리아를 여행하고 이탈리아를 거쳐 귀국한다.
지도는 화가인 이브 부르주아가 그 여행의 행로를 그리고 거기에 설명을 붙인 것이다.

미라벨 공원, 잘츠부르크 대성당과 성.

독일과 이탈리아 두 나라에 다 살아본
사람들에게 그 두 나라의 파시즘이
같은 얼굴이 아니라는 것은 부정할 수
없는 사실이다. 독일에서는 어디를 가나,
사람들의 얼굴에서, 도시의 길거리에서
그걸 느끼게 된다. 군사 도시인 드레스덴은
눈에 보이지 않는 적에게 짓눌려 숨이 막힌다.
이탈리아에서 우선 느끼게 되는 것은
그 나라의 분위기다. (…) 이탈리아 사람에게서
느끼는 것은 정답고 명랑한 인간미다. (…)
비인간적인 법을 가진 나라에서도 생각이
인간적인 사람들이 억압을 느끼지 않고
살 수 있도록 해주는 것이야말로 지중해의
기적인 것이다.

「원주민 문화」, 『새로운 지중해 문화』, 플레이아드 전집 I, 567.

중부유럽 여행에 대한 알베르 카뮈의 메모(『작가수첩 I』, 65-66).

메르소는 늦게 일어나 수도원과 성당을 구경했고, 그곳의 향냄새와 지하실 냄새에서 안식을 구하려고 애썼다. 다시 밝은 곳으로 나오면 골목길 모퉁이마다 마주치는 오이장수들과 더불어 남모르는 불안과 두려움이 되살아났다. 박물관 구경도 그 냄새를 통해서 했고, 프라하 전체를 황금빛 장식과 장엄함으로 가득 채우고 있는 바로크적 천재의 풍요와 신비도 그 냄새를 통해서 이해했다. (…) 메르소는 그 장식들을 보고 인간이 내면의 악마를 물리치기 위한 도구로 사용했던 열광적이고도 유치하며 호방한 낭만주의 같은, 거창함과 기괴함과 바로크적 규범을 느꼈다. 「행복한 죽음」, 109.

프라하 체류 경험에서 영감을 얻어 쓴
알베르 카뮈의 산문 「영혼 속의 죽음」(『안과 겉』, 1937)의 타자 원고.

인간은 자기 자신과 대면한다. (…) 전보다 덜 단단해진
그 마음속으로 세계의 음악이 더 쉽게 흘러든다. 그렇기에
그 커다란 헐벗음 속에서는, 덩그러니 서 있는 가장 보잘것없는
한 그루 나무까지도 가장 연약하고 가장 덧없는 이미지가 된다.

「영혼 속의 죽음」, 『안과 겉』, 72.

......./plus pénétré.Mais je ne suis pas ici.Tout m'exaspère,je vacille,
je n'ai pas faim.E toujours cette pointe douloureuse en moi et le ven-
tre serré.J'offre un demi parce que je sais mes usages.Le plat du jour
arrivé,je mange:un mélange de semoule et de viande,rendu immangeable
par une quantité invraisemblable de cumin.Mais je pense à autre chose,
à rien plutôt,fixant la bouche grasse et rieuse de la femme qui me
fait face.Crut-elle à une invite?Elle est déjà près de moi,se fait co-
llante.Un geste de moi la retient(Elle était laide.J'ai souvent
pensé que si cette fille avait été belle,j'eus échappé à tout ce qui
suivit.)Une panique atroce m'avait saisi soudain.J'avais peur d'ê-
tre malade,là,au milieu de ces gens,prêts à rire.Plus encore ce à ê-
tre seul dans ma chambre d'hôtel,sans argent et sans ardeur,réduit à
moi-même.et à mes misérables pensées.Je me demande encore
aujourd'hui avec gêne comment l'être hagard et lâche que j'étais alors
a pu sortir de moi.Je payais puis sortis.Je marchais dans la vieille
ville,mais incapable de rester plus longtemps en face de moi-même,je
courus jusqu'à mon hôtel,me couchai,attendis le sommeil qui vint pres-
que aussitôt.

Tout pays où je ne m'ennuie pas est un pays qui ne m'apprendra rien.C'est
avec des phrases comme ça que j'essayais de me remonter.Mais vais-je
décrire les jours qui suivirent?Je retournai à mon restaurant.Matin
et soir,je subis l'affreuse nourriture au cumin qui me soulevait le
coeur.Par là,je promenai toute la journée,une perpétuelle envie de
vomir.Mais je n'y cédai pas,sachant qu'il fallait s'alimenter.D'ail-
leurs,qu'était cela au prix de ce qu'il eut fallu subir à essayer un
nouveau restaurant.Là du moins,j'étais"reconnu"On me sourirait si on
me parlait pas.D'autre part,l'angoisse gagnait du terrain.À tour
cette pointe aiguë dans mon cerveau,une peur me pre-
nait de devenir fou.Je décidai d'organiser mes journées,d'y répandre
des points d'appui.Je restai au lit le plus tard possible et mes jour-
nées se trouvaient diminuées d'autant.Je faisais ma toilette et j'ex-
plorais méthodiquement la ville.Je me perdais dans les somptueuses
églises barques,essayant d'y retrouver une patrie.Mais sortant plus
vide et plus désespéré de ce tête à tête décevant avec moi même.J'er-
rais le long de l'Ultava coupée de barrages bouillonnants.Je passais
des heures démesurées dans l'immense quartier du Hradschin,désert et
silencieux.À l'ombre de sa cathédrale et de ses palais,à l'heure où
le soleil déclinait,mon pas solitaire faisait résonner les rues.Et m'en
apercevant,la panique me reprenait.Je dînais tôt et me couchais à huit
heures et demie.Le soleil m'arrachait à moi même.Eglises,palais,
musées,je tentais d'adoucir mon angoisse dans toutes les oeuvres d'art.
True classique;je voulais résoudre ma révolte en mélancolie.Mais en vain.
Aussitôt sorti,j'étais livré   .Une fois pourtant,dans un
cloître baroque,à l'extrémité de la ville,la douceur de l'heure,les
cloches qui tintaient lentement,des grappes de pigeons se détachant de
la vieille tour,quelque chose aussi comme un parfum d'herbes et de né-
ant,fit naître en moi un silence tout peuplé de larmes qui me mit à
deux doigts de la délivrance.Et rentré le soir j'écrivis d'un trait ce
qui suit et que je transcris avec fidélité,parce que je retrouve dans
son emphase même la complexité de ce qu'alors je ressenti:"Et quel
autre vouloir tirer du voyage?Me voici sans parure.Ville dont je ne sais
pas lire les enseignes,caractères étranges où rien de familier ne
s'accroche,sans amis à qui parler,sans divertissement enfin.De cette
chambre où arrivent les bruits d'une ville étrangère,je sais bien que
rien ne peut me tirer pour m'amener pour m'amener vers la lumière plus"

나는 물살이 소용돌이치는 블타바 강을 따라서 하염없이 걸어다녔다.
인기척 없고 고요한 넓은 흐라트차니 구역에서 기나긴 시간을 보내기도 했다.
해가 서산으로 기우는 시간이면, 그 구역의 대사원과 궁전들의 그늘에서
쓸쓸한 나의 발걸음 소리가 길거리에 울려퍼졌다.
그러다 그 소리가 울리고 있다는 것을 깨닫게 되면 공포감이 다시 나를 사로잡곤 하였다.

「영혼 속의 죽음」, 「안과 겉」, 71.

별들이 집들 위에서 빛나고 있었다.
강가에서 가까운 곳이었는지 나직하고 힘찬
노랫소리가 들려왔다. 히브리 글자가 잔뜩 새겨진
두꺼운 담벼락에 설치된 작은 철책을 보자
그는 자신이 유대인 구역에 들어와 있다는 사실을
알아차렸다. 담 밑에는 달콤한 냄새를 풍기는
버드나무 가지가 늘어져 있었다. 철책 너머로
풀 속에 묻힌 커다란 갈색 돌들이 보였다.
프라하의 옛 유대인 묘지였다. 「행복한 죽음」, 107.

카프카의 비밀은 바로 이 근원적인
모호성 속에 있다. 자연스러운 것과
특이한 것, 개인적인 것과 보편적인 것,
비극적인 것과 일상적인 것,
부조리한 것과 논리적인 것 사이에서의
항구적인 흔들림은 그의 전 작품을
통하여 나타나며 그의 작품에 특유의
울림과 의미를 부여하고 있다.
「프란츠 카프카의 작품 속에 나타난 희망과 부조리」,
『시지프 신화』, 196.

프란츠 카프카, 프라하 구시가 광장의 오펠트 하우스 앞에서.
1922년경.

오른쪽 페이지
1943년 〈라르발레트〉지에 발표됐다가
1945년부터 『시지프 신화』의 부록으로 실린
「프란츠 카프카 작품 속에 나타난 희망과 부조리」의
타자 원고 수정본.

KAFKA, romancier de l'espoir

Rien n'est plus difficile à entendre qu'une oeuvre symboli[que]. ~~un~~ ~~gue La vérité. Le~~ symbole dépasse toujours ~~celui qui en use~~ ~~l'auteur~~ et lui fai[t] dire plus qu'il n'a conscience d'exprimer. ~~Au regard, et souvent le plus sûr La sagesse est d'a~~ moyen de le saisir, c'est de ne pas le provoquer, d'entamer l'oeuvre avec un esprit ~~dre de l'auteur lui-même ses secrets. S'il les draine hors d[e]~~ non concerté de ne pas chercher ses courants secrets. Pour Kafka, en particulier, il ~~l'oeuvre et nous les livre, alors c'est un monde nouveau qu[i]~~ est honnête de consentir à son jeu, d'aborder le drame par l'apparence et le rom[an] ~~naît. Et les deux tomes du "Temps retrouvé" suffisent à légi[ti]~~ par la forme. ~~mer toutes les pages et toute la clameur secrète du long roman[de]~~ ~~Proust. Mais pour Kafka, la question ne se pose pas. Et c'es[t à]~~ ~~nous de retrouver ce que la mort l'a empêché de révéler. Au d[iffé]~~ ~~rent, son oeuvre pourrait n'avoir pas de~~ sens/ ~~secret~~ [A première

~~et de l'extérieur,~~ ce sont des aventures inquiétantes qui enlèvent des personnag[es] tremblants et entêtés à la poursuite de problèmes qu'ils ne fo[r]- lent jamais. Dans le "Procès", Joseph K. est accusé. Mais il ne [sait] pas de quoi. Il tient à se défendre mais il ignore pourquoi. S[es] avocats trouvent sa cause difficile. Entre temps, il ne néglig[e] pas de'aimer, de se nourrir ou de lire son journal. Puis il e[st] jugé. Mais la salle du tribunal est sombre et encombrée et il [ne] comprend pas grand chose. Il sait seulement qu'il est condamné à quoi, il ~~se le demande~~ à peine. Il continue à vivre. Longtem[ps] après, deux messieurs bien habillés ~~et polis~~ viennent le trouver ~~nnnn~~ ~~et~~ l'invitent à le suivre. ~~nnnn~~ Avec la plus grande courtoisie, ~~ils~~ ils le mènent ~~nts~~ dans une banlieue désespérée, lu[i] ment la tête sur une pierre et ~~l'egorger~~ ~~nnnnnnn~~. Lui "comme un chien" ~~nnnnnnnnnnnnn~~ [on voit qu'il est difficile de parler de symbole, ~~nnnnnnn~~ dans un r[oman] où la qualité la plus sensible se trouve être justement le na[turel]. Mais le naturel est une catégorie difficile à ~~comprendre~~. Il y [a]

1936년 여름, 독일과 슐레지엔

몇 시간만 가면 브로츠와프였다. 나무 한 그루 없고 진창이 질퍽한 슐레지엔의
긴 평원 위로 동이 트고 있었다. 하늘은 구름으로 덮인 채 비를 머금고 있었다.
까마득히 먼 곳에서는 일정한 간격을 두고 날개가 번뜩거리는 검고 큰 새들이
떼를 지어 날고 있었다. 포석처럼 무겁게 짓누르는 하늘 아래서 더이상 높이는
떠오르지 못하겠다는 듯 땅에서 불과 몇 미터 높이였다. 그 새들은 느리고
무겁게 날면서 빙글빙글 돌고 있었는데 그중 한 마리가 가끔 무리에서 빠져나와
땅과 구별이 안 될 정도로 낮게 스치다가 다름없이 무거운 날갯짓으로
한없이 한없이 멀어져가더니 나중에는 땅에 닿을 듯 열리기 시작하는 하늘을
배경으로 아주 먼 하나의 검은 점으로 변해버렸다. 메르소는 (…) 이 진창 속에
뒹굴고만 싶었고, 그 진창의 목욕을 통해 땅속으로 되돌아가고 싶었다. 그렇게
진흙을 뒤집어쓴 채, 마치 삶의 절망적이고도 찬란한 상징을 마주보고 선 것처럼,
스펀지와 먹물로 가득찬 하늘을 앞에 두고 가없는 이 들판 위에 두 팔을 활짝
벌리고 몸을 곧추세워, 가장 혐오스러운 모습의 세계와 끊을 수 없는 유대로
맺어져 있음을 인정하고 싶었으며, 자신이 잔혹하고 추악한 면까지도 포함된
이 삶의 공범자라는 것을 소리쳐 말하고 싶었다. 『행복한 죽음』, 118-119.

나는 또 그 정답고도 엄숙한 모습의 모라비아,
그 투명한 원경들, 그리고 자두나무가
새콤한 열매들을 달고 줄지어 늘어선 그곳의 길들이 좋았다.
「영혼 속의 죽음」, 『안과 겉』, 76.

폴란드 슐레지엔, 올슈틴.

나는 모든 것에서 증오의 냄새가 나는 독일에서 오는 길이야.
그러나 또한 슐레지엔과 온통 진흙탕인 그곳의 평원이 있어.
빈에서 이탈리아를 거쳐 귀국할 예정이야.
14일이면 알제에 도착할 거야. 1936년 8월 22일, 편지.

더욱 심각하고 더욱 슬픈 소식들이 있어요. 이제 막 형이 징집되어 나갔어요. 어머니는 다시 예전 9월에
짓고 있던 그 불쌍하고 슬픈 표정입니다. 이게 어떤 일인지 잘 아니까요. 넌더리가 나는 거예요. 마치
내일이면 나마저 떠나버리기라도 할 것처럼 나를 쳐다보는군요. 9월에 어머니가 내게 이러더군요.
"내 두 아이마저 데려가진 않겠지." (…) 유럽에서 온 소식들은 아주 심각해요. 독소조약獨蘇條約으로
모든 일이 빠르게 진행된 거예요. 나는 소련이 이 세계의 진실한 모든 것을 배반했다고 생각하지만
내 생각이 옳다는 게 영 자랑스럽지 않군요. 1939년 8월 22일, 편지.

1939년 9월 17일자 〈르 수아르 레퓌블리캥〉지의 1면.

전쟁이 발발했을 때 알베르 카뮈는 〈르 수아르 레퓌블리캥〉
(〈알제 레퓌블리캥〉의 후신)의 기자였다.
사진은 1940년 1월 7일에 쓴 그의 기사 중 하나로
검열당한 대목이다.

짐승들의 세상이 시작되었다.

『작가수첩 I』, 197.

우리 중 많은 사람들이 1914년의 사내들을 제대로 이해하지
못했다. 이제 우리는 그들과 더 가까워졌다. 전쟁에 동조하지
않으면서도 전쟁을 할 수 있다는 사실을 알게 되었으니까
말이다. 절망이 어떤 극단적 상태에 이르게 되면 불쑥 무관심의
모습을 드러내고 그와 더불어 숙명이라는 느낌과 그렇게 믿고
싶은 마음이 생기는 것이다.

'전쟁', 1939년 9월 17일, 〈르 수아르 레퓌블리캥〉, 플레이아드 전집 I, 755.

Journal censuré : LE SOIR REPUBLICAIN du 7/I/40
Officier censeur : Capitaine DUPUY

Page 1 - colonne 1

L'article dont copie d'extraits ci-dessous a été sup-
primé intégralement.

....

"Car je lis déjà dans les journaux les signes de la
"haine, j'entends qu'on veut l'écrasement complet de l'enne-
"mi et la dislocation de son territoire, qu'on nous prépare
"une nouvelle après-guerre et qu'on oublie la terrible le-
"çon de ces dernières années où nous avons appris que c'est
"dans sa plus grande misère et sa plus grande humiliation
"qu'un peuple aiguise sa volonté de puissance. Je lis et
"j'entends tout cela. Et rien ne me paraît plus malheureux
"et plus désespérant. Car si une cause est juste, c'est dans
"la justice qu'elle se défend.

....

Service Général de
l'Information

I

BUREAU DE DOCUMENTATION

FEUILLE D' INFORMATION QUOTIDIENNE
================================

N° 15 - ALGER, le 18 SEPTEMBRE 1939

I - APERCU D' ENSEMBLE

De nombreuses informations font ressortir la nécessité de lutter contre
les effets néfastes de la propagande ennemie et contre les bruits et
rumeurs que la population répand trop largement. Le S.G.I. s'y emploie
dès à présent dans toute la mesure de ses moyens.

II - C E N S U R E
==============

= Le SOIR-REPUBLICAIN, paraissant à ALGER et qui est la réplique d' ALGER-
REPUBLICAIN, a publié un article intitulé "La guerre". Cet article,
mal censuré, laisse apparaître des tendances démoralisantes.Il a pour
auteur M. Albert CAMUS. Malgré plusieurs avertissements, M. CAMUS s'en-
tête à présenter des articles inadmissibles, avec l'espoir qu'il sur-
prendra la vigilance de l' Officier contrôleur ou qu'il abusera de son
libéralisme.

1939년 9월 18일자 공보총국이 발행한 〈일보〉의 한 면.

지금 이 죽음의 시간, 우리가 무엇인가를 향하여 눈길을 돌린다면 그것은 미래를 향해서가 아니라
아직 삶에 의미가 있던 어떤 과거의 연약하고 귀중한 이미지들을 향해서다. 햇빛과 물이 서로
어울려 희롱하는 가운데 누리는 육체의 즐거움, 활짝 피어나는 꽃들 속에 늦도록 남아 있는 봄빛,
무분별한 희망 속에서 나누는 인간들의 우정 같은 것 말이다. 오직 그것만이 가치 있는 것이었다.
지금도 오직 그것만이 가치 있는 것이지만 이제는 불가능해져버렸다. (…) 아마도 이 전쟁이
끝나고 나면 나무들은 다시 꽃을 피울 것이다. 언제나 세계가 역사를 이기고 마는 법이니까. 그러나 그런
날이 돌아온다 해도 과연 얼마나 많은 사람들이 살아남아 그 꽃핀 나무들을 볼 수 있을지 나로서는
알 길이 없다. '전쟁', 1939년 9월 17일, 〈르 수아르 레퓌블리캥〉, 플레이아드 전집 I, 755-756.

유럽으로 출발

1940년 파스칼 피아와 함께. 두 사람은 1938년 10월
알베르 카뮈가 〈알제 레퓌블리캥〉지에 입사하면서 처음 만났다.

1940년 1월 〈르 수아르 레퓌블리캥〉지가 정간 처분을 당하고 나자
알베르 카뮈는 알제리에서 더이상 일자리를 얻을 수 없게 되었다.
아래는 당시 당국이 보낸 정간 통지서.

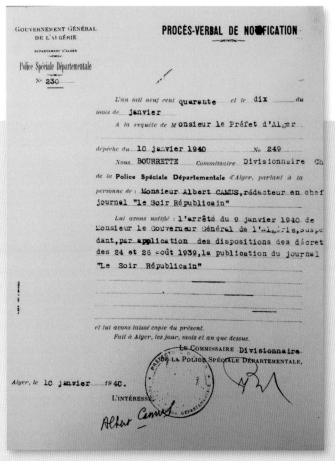

언제든 좋으니 혹시 빈자리가 생기면 그 즉시 내게 알려주면 좋겠습니다.
나는 당장에 발파레이소를 향해서라도 떠날 준비가 되어 있어요.

오랑에서 파스칼 피아에게 보낸 편지, 1940년 초.

알제 항, 1935년경. →

노동재판소의 소송에서 패소한 뒤 나는 알제를 떠났어요. 악질적인 처사였지만 적법한 것이었죠. "카뮈 씨의 '몰지각한' 기사들이 국익을 손상하는 성격의 기사들이라는 이유로 총독부가 사퇴를 강요한 것"인 만큼, 〈알제 레퓌블리캥〉은 불가항력이었음을 주장했어요. 노동재판소의 판사들은 그 사실을 알게 되자 파랗게 질려버렸어요. 그 결과 예고기간도 없고 휴가도 없고 해고 보상금도 없게 된 겁니다. 12월 급료와 1월의 열흘분 잔액을 주더군요. 판이 끝난 거죠. 오랑에서 파스칼 피아에게 보낸 편지, 1940년 초.

내가 태어난 아프리카 연안 쪽에서는 거리가 멀어서
유럽의 참모습이 더 잘 보입니다. 별로 아름답지 않다는 걸 알 수 있지요.
'반항에 대한 인터뷰', 1952년 2월 15일, 〈가제트 데 레트르〉, 플레이아드 전집 III, 402.

전시의 유럽

이제 와서 그를 상상해보노라면, 입에 재갈이 물린 채 점령당한
파리에 이제 막 발을 들여놓은 '아프리카인', 뜨겁게 내리쬐는 태양도 없이
바다와 단절된 채, 이국의 대도시와 그 안의 미지의 정글과 실랑이를 하며,
가진 것이라곤 오직 자신이 구상하고 있는 작품과 사랑하는 친구들이 고작이고,
몸속에 지닌 것이라곤 넌더리나는 지병과 살아야겠다는 억제할 수 없는 욕망,
삶 그 자체까지도 창조해야겠다는, 그리고 단 한 가지 희망인 생명력이
자아내는 열광적 탐욕으로 그 삶을 즐기겠다는 욕망뿐, 벌써부터 많은 시간을
요하는 매일매일의 글쓰기 작업에 매달려 있으면서도 레지스탕스에 가담하고
있었기에 한순간도 경계를 늦출 수 없는 처지에 지하신문을 제작하기 위하여
글을 쓰고 편집과 인쇄에 골몰하는가 하면, 과거의 세계를 고이 간직하려
애쓰는 가운데에도 새로운 세계를 발견해나가면서 쾌락, 행복, 빛, 여자
아니 여자들과의 조화에 대한 지향이 인도하는 바로 거기에 위협받는 자신의
시간과 정력을 쏟고 있는 그 '아프리카인'이 떠오른다. (…) 대체 그는 어떻게
그 팽팽한 줄 위에서 균형을 유지하면서 노새 같은ㅡ그 기막힌ㅡ고집으로
더듬더듬 앞으로 나아갈 수 있었는지 궁금할 따름이다.

마리아 카자레스, 『특혜받은 거주자』, 파야르, 240.

1940년 봄, 전시의 프랑스

인간에 대한 그 어떤 훼손도 일단 저질러지고 나면 다시는 돌이킬 수 없는 것인데 정작 그 어떤 승리에도 보상이 따르지 않는다는 깊은 확신. (…) 우리는 먼길을 우회해야 했습니다. 그래서 많이 늦었습니다. 그것은 진실을 추구하는 양심이 지성에 요구하고, 우정을 추구하는 양심이 마음에 요구하는 우회였습니다.

『단두대에 대한 성찰·독일 친구에게 보내는 편지』, 95-96.

오래전부터 마음의 준비가 되어 있을 경우, 그리고 생각을 하는 것보다 우선 달려나가고 보는 것이 더 자연스러울 경우. 불이 난 곳으로 달려가는 건 그리 대단한 일이 아니지요. 반면에, 증오와 폭력이 그 자체로서는 무용한 것임을 똑똑히 알면서 고문과 죽음이 기다리는 곳으로 나선다는 건 대단한 일입니다. 전쟁을 경멸하면서 투쟁한다는 것은, 행복에 대한 열망을 간직하고 있으면서 모든 것을 다 잃을 각오를 한다는 것은. 보다 나은 문명에 대한 생각을 지니고 있으면서 파괴를 향하여 내달린다는 것은, 대단한 일입니다.

『단두대에 대한 성찰·독일 친구에게 보내는 편지』, 93.

알베르 카뮈. 1945년 11월.

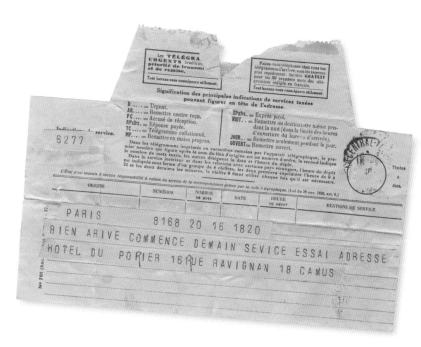

리 상젤리제 대로와 개선문, 1940년.

현재 이곳 생활은 그리 재미있지 않습니다.
왜 그런지는 선생님도 짐작하시겠지요.
잠재적인 위협, 흥분과 불안이 깃든 생활.
꼬집어 말할 수는 없지만 어딘가
비인간적인 데가 있는 어떤 사건이
태동하고 있다는 것을 느낍니다. 겉으로는
침착한 체하며 거리를 두고 바라보려고
애쓰지만 여간 힘이 드는 게 아닙니다.

장 그르니에에게 보낸 편지, 1940년 5월, 「**서한집**」**, 갈리마르, 40.**

제 친구 피아가 〈파리 수아르〉 신문사의 편집부에 자리를 하나 얻어주었습니다.
저는 여기서 조판 작업만 담당하고 기사는 한 줄도 쓰지 않습니다.
저로서는 더이상 바랄 것이 없는 일이지요. 지금 당장은 이곳에 있습니다.
이 도시는 쓸쓸하고 이곳 생활은 어렵고 무미건조합니다.

장 그르니에에게 보낸 편지, 1940년 5월, 「**서한집**」**, 갈리마르, 39.**

1940년 6월, 피난

다른 모든 사람들과 마찬가지로 저 역시 피난과 동시에 피난길에 올랐습니다—두 번씩이나,
그러니까 파리에서 클레르몽으로, 클레르몽에서 보르도로 말입니다. (…) 저는 다시 클레르몽에
와 있습니다. (…) 우리는 15일에는 리옹으로 옮겨가 자리를 잡을 것입니다. 아마도 오랫동안이겠지요.

장 그르니에에게 보낸 편지, 1940년 9월 3일, 『서한집』, 갈리마르, 42.

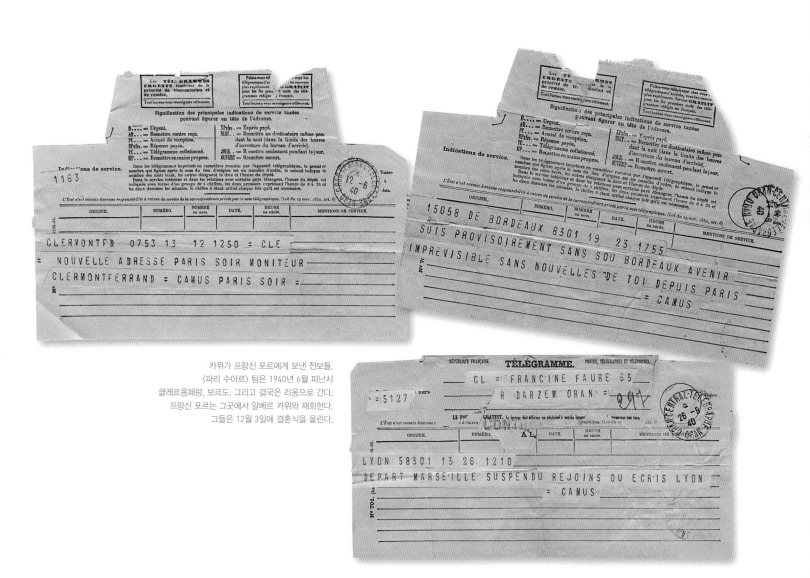

카뮈가 프랑신 포르에게 보낸 전보들.
〈파리 수아르〉 팀은 1940년 6월 피난시
클레르몽페랑, 보르도, 그리고 결국은 리옹으로 간다.
프랑신 포르는 그곳에서 알베르 카뮈와 재회한다.
그들은 12월 3일에 결혼식을 올린다.

프랑스 길거리의 피난 행렬, 1940년

138   유럽

마제 생 부아, 르 파늘리에

파늘리에. 해가 뜨기 전 높은 산꼭대기에서 전나무들은 그 나무들을 떠받치는 파동들과 잘 분간되지 않는다.
이윽고 아주 먼 곳의 해가 뒤쪽에서 나무들의 우듬지를 황금빛으로 물들인다. 이리하여 아주 조금 빛이
바랜 하늘을 배경으로 마치 깃털 달린 야만인들의 부대가 산 뒤쪽에서 불쑥 나타나는 듯한 형국이다.
해가 솟아오르고 하늘이 밝아져감에 따라 전나무들의 키가 훌쩍 커지고, 야만인 부대가 전진해 들어와
침략에 앞서 깃털의 소용돌이 속에서 운집하는 것만 같다. 곧이어 해가 상당히 높이 솟아오르자, 그 빛을 받아
산비탈을 따라 쏟아지듯 늘어선 전나무들이 훤히 드러난다. 이건 십중팔구 골짜기를 향하여 내닫는
야만인들의 질주요 짧고 비극적인 싸움의 시작이니, 이제 대낮의 야만족들이 밤의 생각들로 이루어진
약한 군대를 물리치게 되리라. 『작가수첩 II』, 45-46.

기막히게 멋진 하루.
커다란 너도밤나무들 저 위에.
그리고 그 주위에 번쩍이는 다사로운
거품 같은 빛. 빛이 모든 가지에서
배어나오는 것만 같다.
『작가수첩 II』, 247.

1941년 한 해를 알제리에서 지낸 후 알베르 카뮈는 폐결핵이 재발하여 프랑스 중부 마제 생 부아의 '파늘리에'라고 불리는 작은 마을로 와서 요양을 하게 되었다. 그는 1942년 8월부터 1943년 가을까지 이곳에서 지낸다.

독일 점령 동안 비바레 리뇽 고원지대 주민들은 수백 명에 달하는 유대인과 비유대인 피난민들을 맞아들여 숨겨주고 다른 지역으로 탈출시켰다.

알베르 카뮈는 처음부터 테스 목사와 트로크메 목사가 샹봉 쉬르 리뇽에서 이끌고 있는 레지스탕스에 대하여 잘 알고 있었다.

앙드레 슈라키가 파트리크 앙리에게 보낸 편지, 1999년 10월 10일.

이해와 정과 살로써 맺어졌던 사람들이, 이제는 겨우 열 마디 정도가 고작인 전문電文의 대문자 속에서
그 옛정의 흔적을 더듬어보게 되었다. 『페스트』, 101.

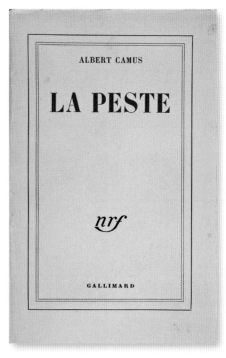

전쟁중에 그 일부가
집필된 알베르 카뮈
소설 『페스트』는
1947년 6월
갈리마르 출판사에서
출간됐다.

1942년 11월 독일이 프랑스 남부 자유지역을 점령해버리자 알베르 카뮈와 알제리의 오랑으로 돌아간
그의 아내 프랑신 사이에 연락이 두절되었다. 이 신혼부부는 1944년 10월이 되어서야 다시 만나게 된다.

나는 페스트를 통해서 우리 모두가
고통스럽게 경험했던 숨막힘과 우리가 겪었던
위협과 유배의 분위기를 표현하고자 한다.
그와 동시에 이 해석을 일반적인 생존 개념으로
확대하고자 한다. 페스트는 그 전쟁 동안
나름대로 반성과 침묵을 강요당했던 사람들의
이미지를—그리고 정신적 고통의 이미지를
제공하게 될 것이다. 『작가수첩 II』, 89.

생테티엔. 샤틀뤼스 탄광의 수직 갱도.

생테티엔과 그 변두리 지역. 그런 살벌한 광경은 그것이 생겨나게 만든 문명에 대한 규탄 그 자체다.
살아가면서 즐거움을 누리거나 활발한 여가를 즐길 수 있는 여유가 전혀 없는 세계는 죽음으로 가는 세계다.
그 어떤 민족도 아름다움에서 소외된 채 살 수는 없다. 얼마 동안 목숨이야 부지할 수는 있겠지만
그저 그뿐이다. 그런데 여기서 언제나 변함없이 딱한 모습만을 보여주고 있는 이 유럽은 점점 더 아름다움에서
멀어지고 있다. 그렇기 때문에 유럽은 지금 경련을 일으키고 있는 것이며, 그렇기 때문에, 만약 유럽인들에게
평화가 아름다움으로 다시 돌아가는 것을 의미하지 않는다면, 만약 유럽이 사랑의 자리를 되찾지 못한다면,
유럽은 죽음을 맞게 될 것이다. 『작가수첩 II』, 113.

레지스탕스

우리는 희생과 신비주의를 구분하고
정력과 폭력을 구분하며
힘과 잔혹함을 구분하는 그 미묘한
뉘앙스를 위하여, 그리고 진실과 거짓을 구분하고
우리가 기대하는 인간과 당신들이 섬기는 신을
구분하는 그 보다 미묘한 뉘앙스를 위하여 투쟁합니다.

『단두대에 대한 성찰·독일 친구에게 보내는 편지』, 97-98.

말로가 그리는 세계는 오만한 사람들의 세계입니다. 다시 말해, 유럽인들의 세계지요. 그들은 개인에 대한 믿음이라는 서양의 독약에 중독되어 있어요. 서양이 그들을 건드려버린 거죠. 또한 서양과 더불어 그 서양의 운명과 불가분의 관계가 있는 절망이 그들을 건드려버렸어요. 말로는 내면에 깃들어 있는 그 절망을 이해했습니다. 그것은 아마도 그가 그 헤어날 길 없는 고통을 진정시켜주는 유일한 사상, 즉 동양사상에 정통했기에 가능했을 것입니다. 예컨대 그는 시간이란 유럽인들이 만들어놓은 모습을 지녔지만, 동양인들은 시간이 만들어놓은 모습을 지니고 있다는 것을 알고 있었어요. 1934년, 편지.

지하에서 발행하던 〈콩바〉, 1943년 10월 15일자.

자크 보멜, 앙드레 말로와 〈콩바〉 편집실에서, 1944년 9월 21일.

어떤 기사를 찍어내기 위하여 최소한이나마
목숨을 건다는 것은 말의 진정한 무게를
깨닫는다는 것을 의미한다. 대수롭지 않은 일로
칭찬을 하는가 하면 남에게 모욕을 주고도
별 탈이 없는 이런 직업의 세계에서 그것은
대단히 새로운 현상이라고 할 수 있다.

콘래드 비버의 『프랑스 레지스탕스 작가들이 본 독일』에 붙인 서문, 플레이아드 전집 III, 936-937.

'그건 나와 상관없는 일이다'라고 말하지 마라. (…)
다만, 고통 속에서의 연대감이라는 핍박받는 사람들의
저 엄청난 힘을 우리는 다 함께 그 일에 바치겠노라고
다짐하라. 「전면전에는 전면적 저항을」, 1944년 3월, 「〈콩바〉에서」, 폴리오 에세, 133.

— 〈콩바〉 편집실에서.
1943년 알베르 카뮈는 파스칼 피아를 다시 만나
지하신문 〈콩바〉 편집에 가담한다.

파리의 해방

우리는 당신들의 힘을 무찌르고자 할 뿐 당신들의 영혼을 훼손하려는 것은 아닙니다.

『단두대에 대한 성찰·독일 친구에게 보내는 편지』, 125.

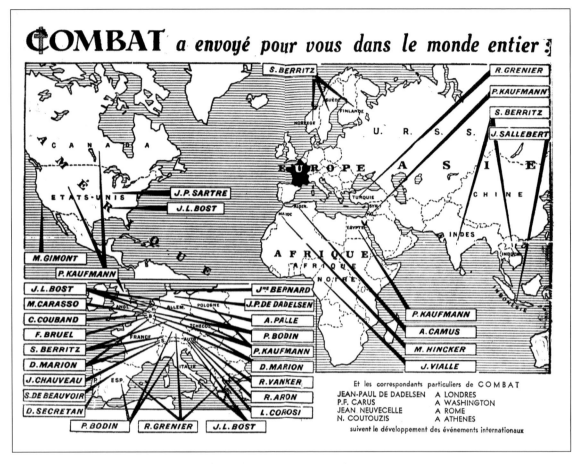

해방에서부터 1947년 6월까지 알베르 카뮈는
일간지 〈콩바〉의 편집국장이었다.
왼쪽 사진은 〈콩바〉의 광고 전단지.

파리 레오뮈르 가에 있는 〈콩바〉 사옥, 1945년 11월.

1933년, 한 탐욕스럽고 열광적인 인물이 독일 바이마르
공화국의 잔해 위에 올라앉아, 그에게 홀린 자신의 민족과
회의적인 세계를 향하여 바야흐로 멋들어진 운명의 시대가
자신의 나라와 자기 자신을 위해 개시되었노라고 선포했다.
그리고 십일 년 뒤, 적의 군대가 바로 그 독일 땅으로 진군해
들어와 십 년 세월에 걸쳐 군대의 강압에 시달리고
오 년 세월에 걸쳐 전쟁의 포화 속에서 기진맥진한 그 나라에
최후의 일격을 가했다.

1944년 9월 15일, 『〈콩바〉에서』, 폴리오 에세, 198-199.

파리, 1944년 8월 26일.

팔월의 밤들 중에서 가장 아름답고 가장 뜨거운 밤, 파리의 하늘에는 언제나 그 자리에 있던 별들에 빛을 흩뿌리는 수많은 예광탄, 화재 난 곳의 연기, 그리고 민중이 쏘아올리는 오색영롱한 기쁨의 불꽃이 한데 섞인다. (…) 이 밤은 진정 하나라 부를 만하다. 이 밤은 진실의 밤이다. '진실의 밤', 1944년 8월 25일, 『〈콩바〉에서』, 폴리오 에세, 161.

숙청

이제, 프랑스에서 숙청은 단순히 실패했을 뿐만 아니라 신용마저 잃은 것이 분명해졌다.
숙청이라는 말은 그 자체가 매우 괴로운 단어였다. 상황은 추악해지고 말았다.
숙청이 추악한 것이 되지 않을 수 있는 단 하나의 가능성은 보복하겠다는 마음이나 경솔한 태도를
버리고 실행하는 것이었다. 한편에서는 증오의 아우성, 다른 한편에서는 비양심의 변명뿐일 때
그 가운데서 있는 그대로의 정의의 길을 찾기란 쉽지 않다고 봐야 한다. 어쨌든 완전한 실패다.

1945년 8월 30일, 「〈콩바〉에서」, 폴리오 에세, 621.

숙청 기간중 머리가 깎인 여자들, 1944년.

프랑스는 권능과 지배력을 상실했고
그 상태는 오래갈 것 같습니다.
어느 문화에나 반드시 요구되는 위용을
되찾으려면 프랑스는 오랫동안의
필사적인 인내심과 주의깊은 저항이
필요하리라고 생각됩니다.
그러나 프랑스가 그런 모든 것을
상실한 것은 순수한 이유들 때문이라고
나는 믿습니다. 그것이 내가 희망을
잃지 않는 이유입니다.

「단두대에 대한 성찰·독일 친구에게 보내는 편지」, 98.

Paris, le 5 Décembre 1946. -

Monsieur le Garde des Sceaux
MINISTERE DE LA JUSTICE
    P A R I S

Monsieur le Garde des Sceaux,

            On me prie de joindre ma signature
à la demande de grâce qui a été faite en faveur des journa-
listes de "Je Suis Partout" condamnés à mort. Je le ferai
dans cette lettre en vous exposant mes raisons aussi briève-
ment que je le puis.

            Mon intention n'est pas de diminuer
la faute de REBATET et de son compagnon. Si je puis me permet-
tre une allusion personnelle, vous m'avez rencontré à un mo-
ment où nous tenions ces journalistes pour des ennemis mortels
qui, sans aucun doute, n'auraient pas ménagé nos propres vies.
Vous savez donc que rien, ni dans ces écrivains ni dans ces
hommes, n'a jamais fait naître en moi quoi que ce soit qui res-
semble à de l'indulgence. Pour tout dire, comme vous et comme
la Cour de Justice, je les juge coupables.

            Cependant, ces hommes, aujourd'hui,
attendent tous les matins le moment de leur mort, et j'ai as-
sez d'imagination pour savoir qu'ils payent alors, dans l'an-
goisse et la mauvaise conscience, le prix le plus haut qu'un
homme puisse payer pour ses crimes. Et si j'ai combattu ces
hommes jusqu'au bout, un mouvement plus fort que toute justice
m'oblige maintenant à souhaiter qu'on épargne ces condamnés
et qu'on leur rende seulement cette vie que,dans leur folie,
ils ont assez méprisée pour en faire bon marché quand il s'agis-
sait d'un autre.

            J'ai longtemps cru que ce pays ne pou-
vait pas se passer de justice. Mais je ne vous offenserai pas,
ni personne autour de vous, en disant que la justice depuis la
Libération s'est révélée assez difficile pour que nous ne sen-
tions pas maintenant que toute justice humaine a ses limites
et que ce pays, finalement, peut aussi avoir besoin de pitié.

            Où serait aussi bien la supériorité de

                                        /. ...

나치 점령중 독일에 부역했던 주간지 〈나는 도처에 있다〉의 기자 뤼시앵 르바테와 피에르 앙투안 쿠스토의
사면을 요청하기 위하여 알베르 카뮈가 법무장관에게 보낸 편지. 이 두 인물은 결국 사면되었다.

세바스티앵 보탱 가의 갈리마르 출판사

저는 아주 여러 가지 걱정들에 사로잡혀 있습니다. 저의 건강, 작업 그리고 여기 아닌 다른 곳으로 가고 싶은 욕구 같은 것 말입니다. 아시다시피 미셸이 제게 귀 출판사에서 일해볼 것을 제안했는데 저로서는 그 경우 제가 파리로 다시 올라가는 이달 말 무렵이면 아주 좋을 것 같습니다. 그래도 여전히 가능한 일이라고 보시는지요? 가스통 갈리마르에게 보낸 편지, 1943년 10월 16일.

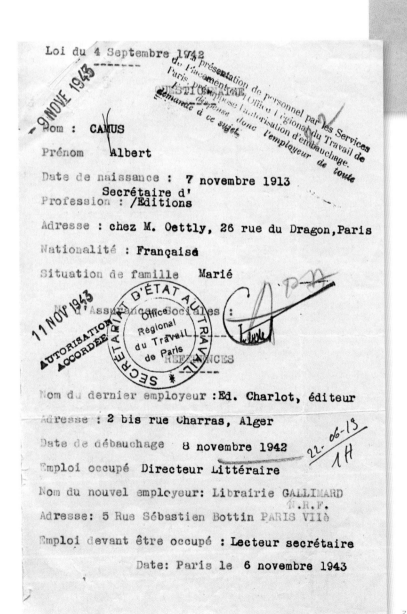

알베르 카뮈가 가스통 갈리마르에게 보낸 편지(일부), 1943년 10월 16일.

나는 나의 물질적인 생계가 내가 쓰는 책들에 좌우되는 일을 결코 원하지 않았다. 내가 쓰는 책들이 그 생계에 매어 있지 않도록 하기 위해서였다. 그런 까닭으로 나는 항상 어떤 부업을 가졌고 십육 년 전부터는 갈리마르 출판사의 기획위원 일을 해왔다. 게다가 이 출판사에서 나는 내가 필요로 하는 모든 자유를 다 누리고 있다.

「마지막 인터뷰」, 1959년 12월, 플레이아드 전집 IV, 664.

갈리마르 출판사가 발행한 기획위원 알베르 카뮈의 취업 증명서, 1943년 11월.

갈리마르 출판사 기획위원회 독회를 마치고, 1954년 4월.
로베르 갈리마르, 레몽 크노, 제라르 필리프,
가스통 갈리마르, 자크 르마르샹, 장 블랑자와 함께.

파리 뤼니베르시테 가 17번지 갈라마르 출판사의
안뜰에서 미셸 갈리마르, 자닌 갈리마르와 함께.

어느 가을날 저녁이었어요. 거리는 아직 푸근한 편이었고
센 강변은 벌써 축축했습니다. 밤이 다가오고 있었어요.
서쪽 하늘은 아직 밝았지만 어두워지고 있었고,
가로등들이 희미하게 빛나고 있었지요.
나는 퐁 데 자르 쪽을 향하여 좌안 강변길을 따라
올라가고 있었습니다. 헌책 상인들의 닫아 잠근 궤짝들 사이로
강물이 번뜩이는 게 보였어요. 「전락」, 46.

기이한 도시지요. 그곳에서는 사람들이 멋들어진 사상을
어찌나 좋아하는지 그 사상에 대한 얘기만 진종일 하지 않고는
배기질 못한답니다. 그러다보니 정작 그 사상의 내용은
읽을 시간이 없지요. 그곳에서는 사람들이 애국심에 어찌나
열광하는지 몰라요. 그래서 기회만 생기면 두 나라 세 나라를
사랑하는 애국자가 된답니다. 그곳에서는 사람들이
평화의 이름으로 서로 물고 뜯고, 자유의 이름으로
감히 도형장도 허용한답니다. 「철학자들의 즉흥극」, 플레이아드 전집 II, 789-790.

〈퐁 데 자르〉, 앙리 카르티에 브레송, 1955년.

알제리의 밤에는, 개 짖는 소리가 유럽의 공간보다 열 배는 더 큰 공간 속에서 메아리친다.
이리하여 그 소리에는 저 협소한 나라들에서는 느낄 수 없는 향수가 깃들어 있다.
그 소리는 오늘날 오직 나 혼자만이 나의 추억 속에서 들을 수 있는 어떤 언어다.

「작가수첩 II」, 70.

해방된 유럽

당신들이 말하는 유럽은 옳은 유럽이 아닙니다. 당신들이 말하는 유럽은
사람들을 결집시키거나 열광하게 만드는 것이 아무것도 없습니다.
당신들은 원하지 않는다 하더라도, 우리가 말하는 유럽은 우리 모두가
지성의 바람 속에 지속적으로 이루어나가야 할 공통된 모험입니다.
이 이야기를 아주 깊숙이까지 밀어붙이지는 않겠습니다.
기나긴 시간 계속되는 이 공동의 투쟁이 가끔씩 허락하는 어느 길모퉁이에서의
저 짧은 휴식 시간이면, 나는 가끔 내가 너무나도 잘 알고 있는 유럽의
저 모든 장소들을 머릿속에 그려볼 때가 있습니다. 유럽은 고난과 역사로
이루어진 멋진 땅입니다. 나는 내가 모든 서양의 사람들과 함께했던 그 순례의
길을 머릿속으로 다시 밟아가봅니다. 피렌체의 수도원에 피어 있는 장미꽃,
크라쿠프의 황금빛 구형球形 돔, 흐라트차니와 그곳의 몰락한 궁전들,
블타바 강을 건너지르는 카를루프 교에서 몸을 뒤틀고 있는 동상들, 잘츠부르크의
정교한 정원들을 말입니다. 그 모든 꽃들과 돌들, 그 언덕들과 그 풍경들,
그 속에 인간들의 시간과 세계의 시간이 고목들과 기념물들을 한데 뒤섞어놓은
것입니다! 나의 추억은 겹쳐진 그 모든 이미지들을 한데 녹여 단 하나의
얼굴을 만들어냈습니다. 바로 나의 가장 위대한 조국의 얼굴입니다.

『단두대에 대한 성찰·독일 친구에게 보내는 편지』, 116.

앞의 두 페이지
피렌체의 산타 크로체 성당의 수도원.

← 프라하의 카를루프 교.

거기에는 나로선 이쪽과 저쪽을 한데
결부시킬 수 없는 두 세계가 있었기에,
내 눈에는 그것이야말로 이 불행한
유럽의 분열의 이미지였다.
한쪽은 피해자, 다른 한쪽은 가해자가 되어
자신의 고통과는 영원히 양립 불가능한
어떤 정의를 찾고 있는 유럽 말이다.

「점령당한 독일의 이미지」, 1945년 6월 30일-7월 1일, 「〈콩바〉에서」,
폴리오 에세, 586.

1945년 6월 알베르 카뮈는 심층 취재차 전후의
독일로 떠난다.
그 기사는 1945년 6월 30일-7월 1일자 〈콩바〉에
'점령당한 독일의 이미지'라는 제목으로 실린다.

히틀러 치하에 살았던 사람에게는, 비록 그가 전쟁 전의 독일을 체험했다 해도,
그 나라는 좀체 잊기 힘든 피비린내 나고 맹목적인 그림자를 간직하고 있는 것이다.

「점령당한 독일의 이미지」, 1945년 6월 30일-7월 1일, 「〈콩바〉에서」, 폴리오 에세, 581.

고통에 잠긴 인간 군상들만 눈에 보이는, 폐허로 변한 곳들을 벗어나면 가는 곳마다
멋진 아이들과 체격이 탄탄하고 웃음기가 가득한 젊은 여자들의 무리가 있는
비옥하고 번성한 지역으로 들어서게 된다. (…) 남자들이 눈에 띄지 않는 건 사실이다.
그러나 저녁이면 길에 나와 산책하는 평화로운 노부부들, 밝은색 앞치마를 두르고
건초를 거두어들이는 여자들, 우아하고 깨끗한 장난감 같은 마을들, 이 모든 것이
다 행복하고 안락한 삶의 표지들이다. 한마디로 말해서 여행자로선 때로 이게
꿈인가싶은 생각이 들기도 하는, 그런 목가적인 독일로 들어서는 것이다.

「점령당한 독일의 이미지」, 1945년 6월 30일-7월 1일, 「〈콩바〉에서」, 폴리오 에세, 583.

독일 밤베르크의 레그니츠 강가 풍경.

우리의 내면에 일어나는 격한 감정과 우리의 반항의 기억이 어떠한 것이든 간에, 우리는 너무나 잘 알고 있다.
세계의 평화를 위해서는 평화를 회복한 독일이 반드시 필요하며, 한 나라의 평화를 회복하기 위해서는
그 나라를 국제 질서의 밖으로 추방해서는 절대로 안 된다는 것을. 독일과의 대화가 아직 가능한 것이라면,
그것이야말로 그 대화를 재개하라고 요구하는 바로 그 이유인 것이다.

「1주년을 맞이하여」, 1947년 5월 7일, 「〈콩바〉에서」, 폴리오 에세, 697.

독일 문학 : 니체, 괴테

나는 지금의 나 자신의 존재는 톨스토이, 멜빌과 더불어 니체에게 빚지고 있다. 내가 그들의 민족을
증오한다면 그것은 나를 부정하고 나 자신을 반박하는 것이나 마찬가지다.

콘래드 비버의 『프랑스 레지스탕스 작가들이 본 독일』에 붙인 서문, 플레이아드 전집 III, 937.

프리드리히 니체(1844-1900).

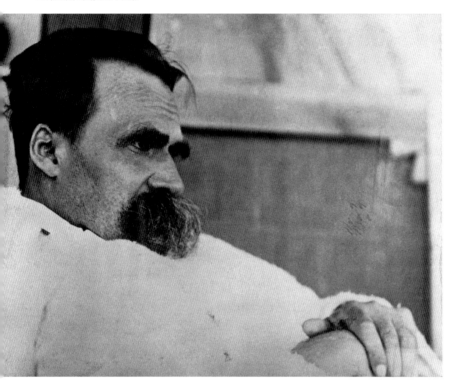

Une photo de Nietzsche *fon*
elle est devant moi souvent et souvant
je trouve qu'elle donne du courage

이 세계가 아무런 목적도 추구하고 있지 않다는 사실을
우리가 인정하게 되는 순간부터, 니체는 세계의 무죄를
시인하자고 제안한다. 우리는 그 어떤 의도를 근거로
해서든 이 세계를 심판할 수 없으므로 세계는 심판의
대상이 아님을 받아들이자고, 따라서 모든 가치판단을
유일한 '위oui', 즉 이 세계에 대한 전적이고도 열광적인
찬동으로 대신하자고 제안한다. 『반항하는 인간』, 129.

사람들 말에 의하면 니체는 루 살로메와
헤어진 뒤 돌이킬 수 없는 고독 속에 빠져들었고,
이제 타인에게서는 아무런 도움도 받지
못한 채 혼자서 그 엄청난 과업을 진행시켜야
한다는 처지를 비관하는 동시에 흥분을 느끼면서,
밤이면 제노바 만을 굽어보는 산 위에 올라
거닐다가 나뭇잎과 나뭇가지를 모아 큰 불을
일으켜 태우며 그 불이 다 타서 사그라지는
광경을 바라보곤 했다고 합니다. 나는 종종
그 불길을 머릿속에 그려보곤 했습니다.

「웁살라 대학 강연」, 1957년 12월 14일, 『스웨덴 연설·문학비평』, 48.

니체 역시 노스탤지어를 느낀다. 그러나 그는 하늘을
향해서는 아무것도 요구하려 들지 않는다. 그의 해답 :
신에게 요구할 수 없는 것을 사람에게 요구한다 : 그것이
바로 초인이다. 그 같은 야망을 대치해보려는 생각에
스스로 신을 만들어내지는 않았으니 놀라운 일이다.
그것은 어쩌면 인내의 문제일지도 모른다. 붓다는
신 없는 지혜를 설파하는데 몇 세기가 지나자 사람들은
그를 제단 위에 모셔놓는다. 『작가수첩 II』, 107.

그림 상단 : 파우스트에 관한
알베르 카뮈의 수고(『작가수첩 III』, 폴리오, 19).

《로마의 들판에서의 괴테》, 1781년
요한 H. W. 티슈바인

기억나는지요. 어느 날 당신은 분격해하는 나를 놀리면서
말했습니다. "파우스트가 이기겠다고 마음을 먹는다면
돈키호테 따위는 상대가 안 됩니다." 그 말을 듣자 나는
당신에게, 파우스트와 돈키호테는 어느 쪽이든 상대와
겨루어 이기기 위하여 만들어진 인물이 아니라고.
그리고 예술은 세상에 악을 가져오기 위하여 고안된 것이
아니라고 말했지요. 그러자 당신은 좀 의미심장한
이미지들을 빗대어서 말해보고 싶은지 이렇게 말을
이었어요. 햄릿과 지크프리트 둘 중 하나를 선택해야 한다고
말입니다. 그 당시 나는 선택하는 것을 원하지 않았어요.
내가 볼 때 서양은 무엇보다도 힘과 인식 사이의 균형,
바로 그것이라고밖에는 생각되지 않았던 겁니다.
「단두대에 대한 성찰·독일 친구에게 보내는 편지」, 115.

이탈리아의 테라스들, 유럽의 수도원들, 혹은
프로방스 지방에서 볼 수 있는 언덕들의 선명한 윤곽
같은 것들은 하나같이 다, 사람들이 자신의 인간적
조건으로부터 도피해 자기 자신으로부터 슬며시
해방될 수 있는 장소들이다. 그러나 여기서는 모든 것이
젊은 사람들의 고독과 펄떡이는 피를 요구한다.
괴테는 죽어가면서 빛을 달라고 말했는데 그것은
역사적인 한마디다. 「알제의 여름」, 「결혼·여름」, 35.

런던. 나는 런던을 아침이면 새들이 잠을 깨우곤 하던 공원들의 도시로 기억한다. 런던은 그 반대이지만, 그럼에도 나의 기억은
정확하다. 거리에는 꽃들을 가득 실은 차들. 독들docks, 대단하다. 내셔널 갤러리. 환상적인 피에로 델라 프란체스카와
벨라스케스의 그림. 옥스퍼드. 잘 다듬어놓은 종마 사육장. 옥스퍼드의 고요. 이런 곳에 사교계가 무슨 소용이겠는가? 『작가수첩 II』, 302.

우리는 영국이 일 년 동안 혼자 남겨져 있었다는 사실을, 그 일 년 동안 영국이 이를 악물고
있었다는 사실을, 그러면서도 결코 절망하지 않았다는 사실을 잊을 수가 없다. 우리는
단 한 사람의 영국인도 항복이라는 생각을 단 한 순간도 용납해본 적이 없다는 사실을 잊을 수가
없다. 더불어 그런 영웅주의, 그런 태연한 의지력도 거기에 그토록 완강한 조심성이 동반되지
않았다면 그렇게까지 경이로운 것이 되지는 못했으리라는 사실 또한 덧붙여 말해둘 필요가 있다.
오늘날까지도 대다수의 프랑스 사람들은 독일이 영국에 입힌 상처가 얼마나 심각한 것이었는지를
알지 못하고 있다. 그 까닭은 이 뛰어난 민족이 투덜대며 불평하는 것을 잊어버렸기 때문이다.
그들은 소리 없이 고통을 감내하며 오로지 승리에만 몰두했다. 스스로의 운명의 극한에 이른
한 나라에 그런 기적을 허용해주고 그 나라가 몸소 실천해가는 민주주의는 아무런 손상을
입지 않을 수 있게 해준 것은 다름 아닌 그 내면적 힘과 그 침묵 속의 용기다.

1944년 9월 23일, 「〈콩바〉에서」, 폴리오 에세, 216-217.

영국의 노동당 정책은 다소 암중모색의 방식으로 최대한의 정치적 자유 속에서 최소한의 정의를 실현하는 데 성공했다. 그 점과 관련해 영국이 우리에게 보여준 모범 앞에서 유럽의 많은 정부들은 양심의 가책을 느껴야 마땅하다. 「영국에서 행한 연설」, 1951년, 플레이아드 전집 III, 1096.

칼턴 힐에서 내려다본 에든버러 성.

스코틀랜드 해안의 새벽. 에든버러 : 운하에 노니는 백조들.
가짜 아크로폴리스를 에워싼 도시, 신비스럽고 안개 자욱한.
북국의 아테네에는 북쪽이 없다. 프린세스 스트리트에는 중국인들과
말레이시아인들. 이곳은 항구다. 「작가수첩 II」, 302.

물론 나는 여기서 위대한 연극에 대해 말하고 있다. 배우에게 자신의 순전히 육체적인 운명을
완수할 기회를 주는 연극 말이다. 셰익스피어를 보라. 이 제1충동의 연극에서
움직임을 리드하는 것은 육체의 광란이다. 이 광란이 모든 것을 다 설명해준다.
이것 없이는 모든 것이 허물어질 것이다. 『시지프 신화』, 124.

"나는 오셀로를 번역했지만 감히 한 번도
그 작품을 무대에 올릴 엄두는 내지
못했다. 연극 면에서 보면 나는 아직
바칼로레아 수준밖에 안 되니까…
셰익스피어는 대학교수 자격시험급이다!"

「〈프랑스 수아르〉와의 인터뷰」, 1958년, 플레이아드 전집 IV, 651.

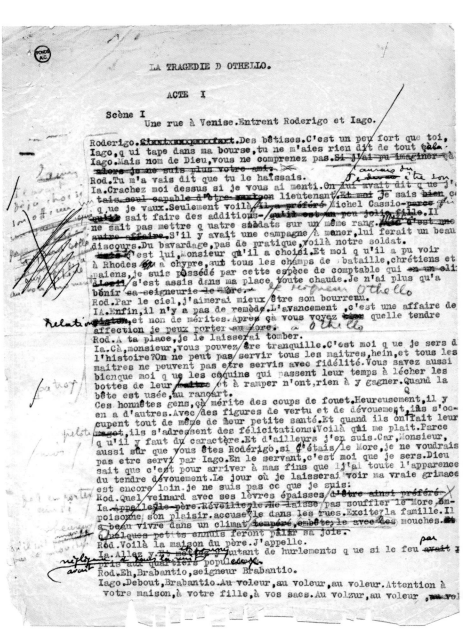

카뮈가 윌리엄 셰익스피어(1564-1616)의 작품 『오셀로의 비극』의 각색을 시도해본 원고.

모든 위대한 개혁자들은 셰익스피어,
세르반테스, 몰리에르, 톨스토이가 창조했던 세계,
즉 저마다의 마음속에 존재하는 자유와 존엄성에의
갈망을 언제나 충족시킬 준비가 되어 있는 세계를
역사 속에 건설하려고 노력했다. 『반항하는 인간』, 452.

오스카 와일드(1854-1900).

와일드. 그는 예술을 모든 것의 최상위에
올려놓고자 했다. 그러나 예술의 위대함은
모든 것의 저 위에 높이 떠올라 있는 데 있는 것이
아니다. 그와는 반대로 모든 것과 골고루
섞이기 때문에 위대한 것이다. 와일드는
고통을 겪음으로써 결국 그것을 깨닫게 되었다.
그러나 마음이 그 격格을 갖추기만 하면
행복 속에서도 얻을 수 있는 것이 진실인데,
그 진실을 어렴풋이나마 보기 위해 항상 고통과
예속을 맛보아야 한다는 것은 이 시대가 죄 많은
시대이기 때문이다. 노예의 세기인 것이다.

작가수첩 III, 20.

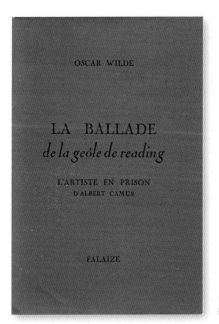

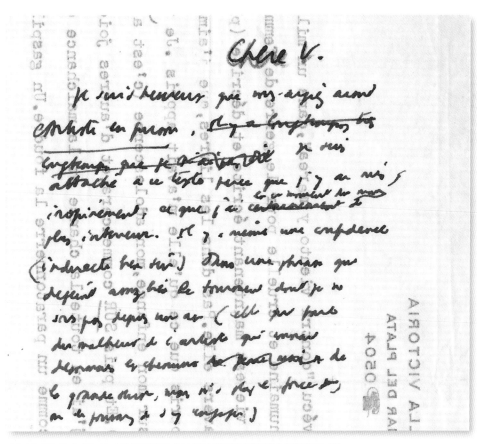
자신이 쓴 글 「감옥에 갇힌 예술가」와 관련하여 알베르 카뮈가 빅토리아 오캄포에게 보낸 편지의 초안.

1952년 알베르 카뮈는 오스카 와일드의 『레딩 감옥의 노래』 불역판(팔레즈 출판사, 1952)에
붙이는 서문으로 「감옥에 갇힌 예술가」를 쓴다.

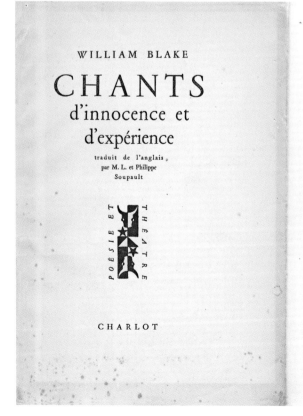

그레이엄 그린(1904-1991)에 대한
알베르 카뮈의 메모(『작가수첩 II』, 폴리오, 299).

WILLIAM BLAKE

CHANTS
d'innocence et
d'expérience

traduit de l'anglais
par M. L. et Philippe
Soupault

POÉSIE ET THÉÂTRE

CHARLOT

POÉSIE ET THÉÂTRE

La collection « Poésie et Théâtre » veut donner une voix à tout ce qui peut exprimer la poésie et la grandeur. Le théâtre est le lieu où ces deux coïncident. Réunir dans une collection des œuvres dramatiques et des essais poétiques de qualité, c'est aider à la définition d'un art dramatique et lyrique dont la tradition est toujours vivante, mais dont le besoin se fait aujourd'hui sentir. Cet art mêle le sang à la jeunesse, l'audace à la maîtrise. Il n'est pas séparé de la vie et la transfigure cependant. Il est sensible aussi bien dans les sonnets de Shakespeare que dans Le Roi Lear, dans la Comédie italienne que dans l'art poétique de la Renaissance. C'est lui qu'on trouvera ici avec sa tradition et son actualité, son expression historique et ses voix les plus modernes. On a déjà compris que cette collection tente de définir une esthétique.

COLLECTION DIRIGÉE
PAR ALBERT CAMUS

인간들이 겪는 괴로움이란
너무나도 엄청난 주제입니다.
그래서 그 괴로움을 직접
손으로 어루만질 수 있었다는
키츠만큼 섬세한 사람이 아니라면
누구도 그 괴로움을 알고
짚어낼 수 없을 것입니다.

「웁살라 대학 강연」, 1957년 12월 24일, 『스웨덴 연설·문학비평』, 37.

샤를로 출판사에서 알베르 카뮈가 책임편집을
맡고 있던 '시와 연극' 총서 가운데 1947년 출간된
윌리엄 블레이크의 『순수와 경험의 노래』 불역판.

BWLCH OCYN,
MANOD,
BLAENAU FFESTINIOG,
NORTH WALES.

August 24 [47]

Dear Camus,

It's true I am working like a
boeuf - unter alas, not a boeuf à la mode
in this country where, what with Russia,
Palestine, and other causas, I am becoming
more and more a leper (lepreux). So I am
going on ringing my leper-bell, and if
I hold it close to my own ear I imagine
it is a tocsin.

I have re-read parts of la Peste;
it improves with second reading and that
is a good criterium. It really is a grand
book.
I plan to go to Palestine in
the winter - it would be fun if we could all
meet there or in Egypt (if the Egyptians
give me a visa) and drink some arak
together.

Celia is better; she will be
back in Paris in September.

Much love to both Francine and you

from l'oncle Arthur

"아서 아저씨"라고 서명하여 알베르 카뮈에게 보낸
아서 케스틀러의 편지, 1947년 8월 24일.

프랑신 카뮈, 아서 케스틀러와 함께, 1948년 5월, 런던.

선생, 네덜란드는 한갓 꿈이에요. 황금과 연기로 된 꿈이에요. 낮에는 연기같이 더욱 칙칙하고 밤이면 더욱 금빛으로 빛나지요. 그리고 밤이나 낮이나 그 꿈속에선 로엔그린이 살고 있지요. 마치 핸들이 높직한 검은 자전거를 타고 꿈꾸듯이 가는 저 사람들처럼 말입니다. 그들은 마치 불길한 흑조黑鳥떼처럼 바다 주위로, 운하들을 따라, 온 나라를 쉼 없이 빙글빙글 돌아다니는 거예요. 빙빙 돌며 구릿빛 구름 속에 머리를 파묻은 채 꿈을 꾸고 있으니, 몽유병자처럼 안개의 금빛 향香 속에서 기도를 드리고 있으니, 그들은 더이상 여기 있는 게 아닙니다. 수천 킬로나 떨어진 자바로, 그 머나먼 섬으로 떠나고 없는 겁니다. 『전락』, 23.

네덜란드 북서부 자위더르 해, 1938년.

하지만 자위더르 해는 사해死海, 적어도 거의 사해에 가까운 바다지요. 질펀한 가장자리 쪽이 안개에 파묻혀 있어서 도대체 어디가 바다의 시작이고 어디가 끝인지 알 수가 없어요. 그러니 지표 하나 없이 전진하는 판국이라 배의 속도를 가늠할 수가 없는 겁니다. 우리는 앞으로 나아가고 있지만 달라지는 게 조금도 없습니다. 이건 항해가 아니라 꿈이지요. 그리스의 다도해에서는 이와 정반대되는 인상이었어요. 『전락』, 101.

1954년 10월 알베르 카뮈는 네덜란드와 벨기에에 잠시 체류한다.
그는 암스테르담에서 보낸 며칠 동안 1956년 갈리마르에서 출판된
『전락』의 무대에 관한 영감을 받는다.
사진은 그 소설 원고의 제목 페이지.

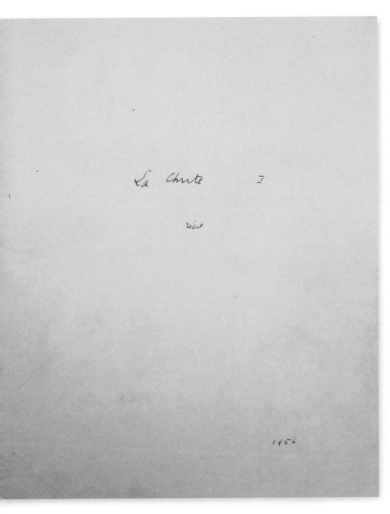

헤이그. 침묵 속에 서로 바싹 붙은
집들과 물 사이의 좁은 틈바구니에 무리짓고
있던 그 많은 사람들. 그리고 도시 전체에
오래도록 비가 내리고 있었다. 숨을 쉴 수가 없도록.
(…) 오, 자바여, 머나먼 섬이여, 그 고장의 아들들이
이곳 카페에서 시중을 들고 있는 동안
여전히 비는 내리고 습기 찬 대기 속에는
폐병 환자의 다할 길 없는 샘이며 빛인 양,
쫓겨난 처녀의 황홀한 추억이 떠돌고 있고.
아무런 욕망도 없이 영원한 고장을 바라보고 있는
렘브란트의 늙은 형의 침묵.

『작가수첩 III』, 163-164.

암스테르담.

이런 새벽엔 밖으로 나가 흥분한 발걸음으로
운하를 따라 걷습니다. 희멀건 하늘 위로
새털구름층은 엷어지고 비둘기떼는 높이 올라가고
장밋빛 여명이 지붕들을 쓸면서 내 세상의 새로운
하루를 알립니다. 담락 대로에서는 첫 전차가
눅눅한 공기를 가르고 벨소리를 울리며 이 유럽의
한끝에서 삶이 깨어나고 있다고 고합니다. 『전락』, 145.

네, 그 그림 말입니다. 그걸 좀 봐주십시오. 못 알아보시겠어요? 〈공정한 재판관들〉이죠.
깜짝 놀라지 않으세요? 당신의 교양에도 구멍이 있다는 건가요? 신문을 읽으셨다면
기억하실 텐데요. 1934년 겐트의 신트 바프 대성당에서 반에이크의 저 유명한
제단화 〈신비로운 어린 양〉 중 한 폭이 도난당한 사건 말입니다.
〈공정한 재판관들〉이라는 그림이었지요. 그 성스러운 동물을 경배하기 위해 말을 타고
찾아오는 재판관들을 그린 그림이었어요. 지금은 그 그림을 교묘하게 모사한 딴 그림으로
걸어놓았지요. 원화를 끝내 찾아내지 못했으니까요. 그런데 이게 바로 그 원화예요. 「전락」, 131.

〈그리스도의 기사들〉(왼쪽)과 〈공정한 재판관들〉(오른쪽, 모사품).
반에이크(1395-1441)의 그림 〈신비로운 어린양〉의 일부.

예술가가 현실을 거부할 수 없는 것은 그가 현실을 넘어서는 정당성을 그 현실에 부여할 책무를
지고 있기 때문이다. 현실을 무시하기로 작정하고서 어떻게 그 현실에 정당성을 부여할 수 있겠는가?
그러나 예술가 자신이 그 현실에 예속되는 존재가 되어도 좋다고 마음먹는다면 그 현실의 모습을
어떻게 변용시킬 수 있겠는가? 이율배반적인 이 두 가지 움직임과 마주하여 어둠과 빛 사이에 놓인
렘브란트의 철학자처럼 태연하면서도 기이한 모습으로 몸을 가누며 버티고 서 있는 존재가
곧 진정한 천재인 것이다. 「감옥에 갇힌 예술가」, 『스웨덴 연설·문학비평』, 98.

위대한 창조자들은 피에로 델라 프란체스카처럼. 돌아가던 영사기가 딱 멈춘 듯 대상의
고정화가 이제 막 이루어졌다는 인상을 주는 사람들이다. 그래서 그들의 그림 속 모든 인물들은
예술이라는 기적에 의하여, 사멸하고 말 본래의 운명에서 벗어나 계속해서 살아 있는 것 같은 인상을 주는 것이다.
렘브란트가 그린 철학자는 사후에도 오래도록, 변함없이 화폭 위의 빛과 어둠 사이에서 여전히 똑같은 의문에 대하여
명상하고 있다. 「반항하는 인간」, 419.

아마도 어느 세대나 저마다 이 세계를 개조해야 할 의무가 있다고 생각할 것입니다. 그러나 나의 세대는 세계를 개조하지 못하리라는 것을 알고 있습니다. 하지만 그 세대의 과업은 아마도 더욱 중대할 것입니다. 그 과업은 바로 이 세계가 무너지는 것을 저지하는 일입니다. 나의 세대는 부패한 역사의 상속자입니다. 그 속에는 실패한 혁명들과 광란 상태에 이른 기술들과 죽어버린 신들과 기진한 이데올로기들이 뒤엉켜 있습니다. 그 역사 속에서는 오늘날 보잘것없는 권세들이 모든 것을 다 파괴할 수는 있으되 더이상 설복시키는 법은 알지 못합니다. 그 역사 속에서는 지성이 증오와 억압의 시녀로 전락해버렸습니다. 그 같은 역사를 물려받은 세대는 오로지 거부하는 태도만을 밑천 삼아 스스로의 안과 밖에서 삶과 죽음의 위엄을 조금이나마 회복하지 않으면 안 되었던 것입니다. 「스웨덴 강연」, 1957년 12월 10일, 「스웨덴 연설·문학비평」, 13-14.

알베르 카뮈는 1957년 10월 노벨문학상 수상자로 결정된다.
그는 수상식에 참석하기 위하여 12월 스톡홀름으로 간다.
사진은 그때 아내와 함께 역에 도착한 모습.

저는 개인적으로 저의 예술이 없이는 살 수가 없습니다.
그러나 저는 이 예술을 모든 것의 저 꼭대기에
올려놓고 생각해본 적은 없습니다. 예술이 제게 반드시 필요한
까닭은 오히려 예술이 그 누구와도 분리될 수 없는 것이기
때문이며, 제가 본래의 모습으로 모든 사람들과 같은 높이에서
살아갈 수 있도록 해주기 때문입니다.
「스웨덴 강연」, 1957년 12월 10일, 「스웨덴 연설·문학비평」, 10.

1957년 노벨상 수상자들을 위한 만찬.

이 뜻하지 않은 소식이 나를 처박아놓은 이 일종의 공포, 영문을 알 수 없는 공황 상태를
극복하지 않으면 안 된다. 『작가수첩 III』, 289.

노벨문학상 수상

1957년 알베르 카뮈가 노벨문학상 수상을 계기로 받은 축하 전문들.
1. 이냐치오 실로네 2. 빅토리아 오캄포 3. 니코스 카잔차키스 4. 로제 마르탱 뒤 가르
5. 물루드 페라운 6. 장 로스탕 7. 오를란도 펠라요 8. 니콜라스 나보코프 9. 윌리엄 포크너
10. 장 폴랑 11. 카롤 쿠릴루크(폴란드 문화부장관) 12. 옥타비오 파스 13. 에르네스토 사바토

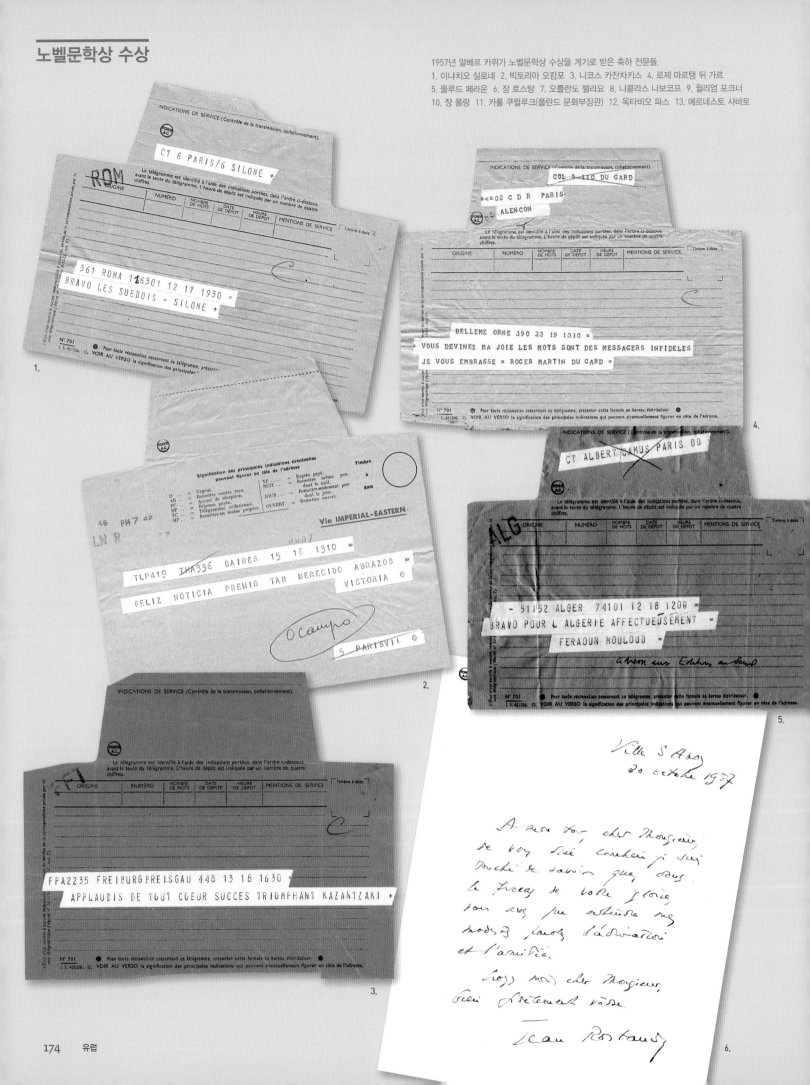

1.

2.

3.

4.

5.

6.

Paris le 17 octobre 1957

mon cher Camus. Une grande
joie pour cette victoire de la cause
de l'Art, de la liberté et de la
dignité humaine, qui est aussi
celle de l'Espagne que nous
revons.

Un fortissimo abrazo

Picasso

Mercredi.

Cher Albert

je continue à ne pas aller
très bien, d'ailleurs plutôt ac-
caparé – accablé – par le livre
que décidément j'achève. Enfin
je ne sors pas.

✗

Ma première idée a été
(le samedi) : "est-ce qu'il va
l'accepter ?" Eh ...
tout content qu...
accepté. Il me s...
bon prix (je veu...
prix justement d...
nit l'air littéra...
on se sent mieux ...
faites du bien à ...
pas la première f...
Amitié

Jean P.

7.

OCT 18 47 57

TAI   CEO

09 WIEN 40 18 1730

ALBERT CAMUS 29 RUE MADAME PARIS

JOYEUX APPRENDRE BONNE NOUVELLE VOUS FELICITE DE TOUT
COEUR STOP LE COMMITEE PRIX NOBEL HONORE EN VOUS
GLORIEUX DEFENSEUR DE LA LIBERTE GRANDE ECRIVAIN HONETRE
HUMAIN QUE J ADMIRE HUMBLEMENT ET AMICALMENT
                              NICOLAS NABOKOV

8.

SBW237

SWW/UW1159 SI OXA024 OXFORD MISS 16 2 1628
LT ALBERT CAMUS NOBEL (DLR 9TH) STOCKHOLM
ON SALUT L'AME QUI CONSTAMMENT SE CHERCHE ET SE
DEMAND
       FAULKNER

CFM LT (DLR 9TH) L'AME

12.

XDR/O/BN

c/o ministère des Aff. Etrangères
à Mexico

VOIE TELE FRANCE

FR89 MEXICODF 24 MEXGOVT 18 1511 =
SR ALBERT CAMUS A/C GALLIMARD 5 RUE SEBASTIEN
BOTTIN PARIS =

12750 NOTICIA PREMIO NOBEL ALEGRA TODOS SUS
AMIGOS MEXICANOS PUNTO FELICITOLO CORDIALEMENTE
       = OCTAVIO PAZ +

Délégation du Mexique non
266 Rue ...

11.

BUREAU CENTRAL
PTT PARIS

OCT 19 20 47

              SOX

76 WARSZAWA 55 19 1610

ALBERT CAMUS MAISON DEDITIONS GALLIMARD PARIS

AU LENDEMAIN DE LATTRIBUTION DU PRIX NOBEL JE ME PERMETS DE
VOUS PRESENTER MES FELICITATIONS SINCERES ET MESS VOEUX LES
PLUS CHERS A VOUS ET AUX BELLES LETTRES FRANCAISES DONT VOUS
ETES LUN DE SES PLUS
              REMARQUABLES REPRESENTANTS KAROL KURYLUK
MINISTRE DE LA CULTURE ET DES BX ARTS VARSOVIE

CT 76

13.

¡FELICITACIONES!

E. Sábato
Ernesto Sábato

C/o   Editora Losada
        Buenos Ayres
        Argentina

9.

그렇다, 프로방스의 어느 저녁, 완벽한 윤곽의 구릉, 소금 냄새 같은 것만으로도 아직 모든 것이 이제부터 해야 할 일들임을 깨닫기에 충분하다. 「명부의 프로메테우스」, 『결혼·여름』, 120.

보클뤼즈 산의 꼭대기에서 맞는 밤. 은하수가 골짜기의 빛의 둥지들에까지 쏟아져내려온다. 모든 것이 서로 뒤섞여 분간이 되지 않는다. 하늘에는 마을들이 있고 산속에는 별들이 뿌려져 있다. 「작가수첩 II」, 310.

상단 : 보클뤼즈의 작은 마을 라코스트.

〈르 프로방살〉지에 실린 기사.
'릴 쉬르 소르그에 온 소설가 알베르 카뮈'.
(이 마을에 그의 친구인 시인 르네 샤르가 살고 있다.)

1946년부터 1958년 루르마랭에 집을 한 채 구입할 때까지 알베르 카뮈는 여러 차례에 걸쳐
프로방스에 와서 머물곤 했다. 사진은 1956년 팔레름(릴 쉬르 소르그 인근)에서의 모습.

7월 12일. 팔레름. 미스트랄에 대하여.
무더운 날들이다. 그래서 나는 미스트랄이 불기를 기다린다.
바람이 불 때면 나는 향초들과 화석 모양의 자그마한 달팽이들이
무수하게 뒤덮고 있는 언덕 위로 올라갔다.
바람은 북쪽으로부터 거세게 불어와 가까운 산들을 깎아내리며
올실이 드러나도록 하늘을 솔질하는가 하면
나무들을 뒤흔들어 모든 것을 빼앗고 들판으로 내려가 으르렁거렸고
짐승들과 사람들을 집안에 가두어놓은 채
마침내 주인처럼 군림하는 것이었다. 『작가수첩 III』, 253-254.

1960년대 초 브랑트(보클뤼즈 지방)에서
마르셀 마티외와 르네 샤르.

르네 샤르. 알 수 없는 재난이 있어 이 세상으로 추락한 고요의 덩어리.

「작가수첩 II」, 322.

전투가 한창일 때, 아직 손에 무기를 든 채, 우리를 향하여
감히 이렇게 외치는 한 시인이 있었다.
"우리의 캄캄한 암흑 속에는 어디에도 아름다움을 위한 자리는 없다.
모든 자리가 다 아름다움을 위한 것이다."「오늘 저녁 막이 열리면… 르네 샤르가」, 1948년, 플레이아드 전집 II, 767.

1946년 알베르 카뮈는 책임편집을 맡고 있던 갈리마르 출판사의 '희망' 총서로 르네 샤르의 시집
『히프노스 시편』을 펴낸다. 이것이 두 사람 사이 친밀한 우정의 시작이었다. 1953년 르네 샤르의 또다른 시집
『레테라 아모로사』(위의 사진)가 같은 총서의 하나로 출판된다.

샤르의 시는 바로 번개 속에 살고 있다. (…) 같은 보폭으로 걸어가고 있는 인간과 예술가가 어제는 히틀러의 전체주의와 겨루는
투쟁 속에 몸을 던졌고 오늘은 우리의 세계를 찢어발기고 있는, 그와 반대되면서도 한통속인 니힐리즘의 고발에 몸을 바친다.
(…) 사정이 이렇고 보면 우리는 항거하여 일어난 사람들의 시인이 어떻게 하여 기탄없이 사랑의 시인일 수 있는지를
이해할 수 있다. 그의 시는 오히려 사랑 속에 그 정답고도 신선한 뿌리를 깊숙이 뻗어내리고 있다. 그의 윤리와 예술의 진면목은
『산산조각난 시』의 '오직 사랑하기 위해서만 허리를 굽혀라'라는 당당한 표현 속에 잘 요약되어 있다.

르네 샤르의 「시집」 독일어판에 붙인 서문.

루르마랭의 뤼베롱

루르마랭. 그 많은 세월이 지난 뒤 첫번째 저녁. 뤼베롱 산 저 위에 뜬 첫번째 별.
엄청난 침묵. 실편백나무의 우듬지가 내 피로의 저 깊숙한 곳에서 떨고 있다.
엄숙하고 준엄한 고장―가슴을 뒤흔드는 그 아름다움에도 불구하고. 「작가수첩 II」, 217.

루르마랭 마을.

붉은 계절이다. 버찌와 개양귀비꽃들. 정오에 루르마랭 골짜기에서 들리는 트랙터 소리…
뜨거운 햇볕에 짓눌린 히오스 항구에서 나던 배의 엔진 소리 같은. 그때 나는 그늘에 잠긴
선실에서 기다리고 있었지. 그렇다, 오늘처럼, 아무 대상 없는 사랑이 가득찬 상태로.
나는 작은 도마뱀들을 좋아한다. 이놈들은 저희들이 기어다니고 있는 돌들 못지않게 메말라 있다.
나와 마찬가지로 뼈와 가죽뿐이다. 「작가수첩 III」, 362.

뤼베롱 산맥, 남쪽 사면.

하늘 꼭대기에서 쏟아진 햇빛의 물결이 우리 주위의 들판에서
거세게 튀어오르고 있다. 이런 소란에도 모든 것이 잠잠하기만 하고,
저기 뤼베롱 산맥은 내가 끊임없이 귀를 기울이는 엄청난 침묵의
덩어리일 뿐이다. 「수수께끼」, 「결혼·여름」, 145.

저녁 빛에 젖을 때면 거만하면서도 정답고, 음산하면서도
가슴 저리며 아침이면 세계처럼 젊은 이 프로방스로부터 치유의
언어가 우리에게로 오고 있다는 것은 매우 의미심장하다.
지중해의 모든 곳들이 그러하듯, 프로방스는 끈기 있게 생명의
샘들을 그 속에 간직하고 있기에 지치고 치욕에 젖은 유럽이
어느 날 다시 그 샘을 찾아와 목을 축이게 될 것이다.

「오늘 저녁 막이 열리면… 르네 샤르가」, 1948년, 플레이아드 전집 II, 764-765.

루르마랭의 분수.

"지리상의 한계가
정신의 한계였던 적은
한 번도 없었다."

「유럽 문명의 미래」, 플레이아드 전집 III, 1013.

유럽의 비전

통일성과 다양성, 그중 한쪽이 없이는 다른 한쪽도 없다. 이야말로 우리의
유럽을 규정하는 공식 그 자체가 아닐까? 유럽은 그 내적 모순들을 몸소
겪어왔고 그 다름으로써, 그리고 끊임없이 그 다름을 극복함으로써 풍부해졌다.
유럽이 창조한 문명은 전 세계가 거부하면서도 동시에 의존한 문명이었다.
그런 까닭에 나는 그 여러 가지 다름들을 망각한 채 어떤 이데올로기나
어떤 기술적 종교의 무게에 짓눌려 통일된 유럽은 생각할 수 없다.
그와 마찬가지로 그 다름들만에, 다시 말해서 상호 적대적인 민족주의들의
혼미 속에 매몰되기만 한 유럽 또한 생각할 수 없다.

「우리 세대의 도박」, 플레이아드 전집 IV, 586.

ON N'A JAMAIS FAIT
de citoyens français par le mépris

DANS l'hebdomadaire *La Bataille*, M. Quilici prend violemment notre ami Albert Camus à partie à propos de son enquête sur l'Algérie. Depuis son arrivée à Paris, M. Quilici s'est signalé à l'attention des esprits honnêtes : il semblait en effet s'être donné pour tâche d'insulter les hommes de la résistance intérieure. Nous n'avons cependant jamais répondu à ses attaques parce qu'il nous semblait que la qualité n'en était pas bonne. Dans le cas présent, la qualité n'en est pas meilleure. Mais nous sommes obligés d'y répondre parce que le problème que ces attaques engagent est trop grave pour que nous le laissions aux mains de n'importe qui.

Pour dévaloriser les renseignements que Camus a rapportés d'Algérie, M. Quilici dénonce la suffisance intellectuelle qu'il y a à vouloir connaître la situation nord-africaine après trois semaines d'enquête. Il faut donc que nous précisions que Nord-Africain de naissance et d'éducation, ayant passé en Algérie la plus grande partie de sa vie, le seul problème politique auquel Camus se soit attaché jusqu'à l'armistice de juin 1940 est le problème algérien. Les Kabyles n'ont pas oublié les enquêtes que Camus publia sur la misère en Kabylie, dans *Alger Républicain*, quelques mois avant la guerre.

M. Quilici soupçonne Camus d'insouciance à l'égard des victimes françaises de l'Algérie. A la vérité, comment en serait-il capable, ayant là-bas toute sa famille, à la fois dans les villes et dans les villages de colonisation exposés aux révoltes ? Si donc il a demandé qu'on ne répondît pas à la haine par la haine, mais par la justice, il y a quelques chances pour que ce ne soit pas légèrement, mais après réflexion.

Pour le reste, nous serons nets. M. Quilici a déjà publié sur l'Algérie un article qui était une véritable provocation par l'indigne mépris qu'il manifestait aux Arabes. Il continue. D'une part, il approuve la solution démocratique que Camus a soutenue et qui tendait au renforcement de l'assimilation, et d'autre part il semble regretter que les Arabes ne soient pas tenus d'emprunter des wagons spéciaux dans les transports algériens. On n'a jamais fait de citoyens français par le mépris, et sous les apparences du loyalisme, nous ne connaissons pas de langage qui soit plus méprisable et qui desserve mieux les intérêts de cette patrie sur laquelle M. Quilici croit détenir des droits exclusifs.

M. Quilici voit en outre une preuve que les troubles de Sétif étaient organisés, par le fait qu'ils se sont produits à la fin de la guerre, comme en 1871. Il est probable en effet que ces troubles étaient organisés. Mais la preuve ne nous paraît pas convaincante et nous imaginons mal un chef d'insurgés attendant pour lancer ses troupes que les soldats de la répression puissent être facilement jetés contre lui.

Quant au procédé qui consiste à rejeter sur nos amis américains la responsabilité des troubles d'Algérie, il paraîtra vraiment trop puéril. Nous pensons ici que la France est une grande personne qui sait reconnaître ses torts comme elle sait défendre ses droits. C'est ce que M. Quilici appelle le goût de l'universalité. Mais cela tient à une insuffisance de vocabulaire, et à ce qu'il a une idée confuse du mot honnêteté.

Qu'on n'en doute pas d'ailleurs, cette attitude est significative. Si M. Quilici ne représentait que lui-même, ce serait peu de chose. Mais trop d'hommes comme lui donnent en Algérie une idée de la France qui la trahit. Et l'on comprendra notre indignation lorsque nous aurons dit qu'il est des Français qui, en Algérie, ont connu leur premier sentiment de honte devant la façon dont les semblables de M. Quilici concevaient leur rôle en pays conquis. M. Quilici veut obtenir que l'on parle là-bas le langage de la haine, mais le problème est assez grave, et nous nous sentons assez de scrupules devant l'avenir français en Afrique du Nord pour adjurer le Gouvernement de rester sourd à de pareils appels et de déclarer publiquement que la France ne reconnaîtra jamais ce langage pour le sien.

COMBAT.

〈콩바〉, 1945년 5월 25일자.

우리는 〈콩바〉에서, 알제의 군사법정이 알제리 원주민 보병 둘에게 적에 투항했다는 이유로 사형선고를 내렸다는 기사를 읽었습니다. 구 년 전 뫼즈 지역에서 그들의 소대 전체가 한창 패주하던 중에 발생한 일입니다. 우리는 귀 신문이 이 가혹한 선고(1940년의 분위기를 고려하건대)를 다른 한 가지 선고의 경우, 즉 독일군에게 포로가 된 상태에서 적에게 부역한 혐의로 기소된 장군들에게는 상당히 가벼운 형이 내려졌던 경우와 비교해 보아주실 것을 요청하는 바입니다. 그에 더하여 우리는 이제 막 보아서 알 수 있었듯이 알제리 양민은 프랑스 시민과 똑같은 의무를 강요받고 있음에도 불구하고 그들과 똑같은 권리를 누리는 일은 지극히 드물다는 사실을 귀 신문이 여론에 널리 알려주실 것을 요청하고자 합니다. 그와 같은 비교는 우리 나라의 법정이 이제 막 프랑스 국민과 알제리 민족에게 한 기이한 윤리적 교훈을 평가할 수 있도록 해줄 것입니다, 아니 적어도 그렇게 되기를 우리는 희망합니다.

「오직 졸병들만 배신한다―알베르 카뮈와 르네 샤르가 〈콩바〉에 보낸 편지」, 1949년 3월 14일, 『콩바』에서, 폴리오 에세, 733-734.

LES ARABES
demandent
pour l'Algérie
UNE CONSTITUTION
ET UN PARLEMENT
par Albert CAMUS

J'ai dit, dans mon dernier article, qu'une grande partie des indigènes nord-africains, désespérant du succès de la politique d'assimilation, mais pas encore gagnés par le nationalisme pur, s'étaient tournés vers un nouveau parti, les « Amis du Manifeste ». Il me paraît donc utile de faire connaître aux Français ce parti, avec lequel, qu'on lui soit hostile ou favorable, il faut bien compter.

〈콩바〉, 1945년 5월 20일-21일자.

단순화된 증오와 편견들이 알제리 분쟁을 끊임없이 오염시키고 부채질한다. 이런 단순화 행위들을 매일 지적하고 기록해두어야 하는데 한 사람만의 힘으로는 그 일을 감당할 수가 없다. 거기에는 어떤 운동, 언론, 끊임없는 행동이 요구된다. 진정한 문제를 흐리게 하는 거짓과 누락 행위를 매일 찾아내 기록할 필요가 있으니 말이다. 『알제리 연대기』에 붙인 서문, 폴리오 에세, 24.

FRONT ALGERIEN POUR LA DEFENSE
-: ET LE RESPECT DE LA LIBERTE :-

Alger, le ___14 Decembre 1951

Monsieur Albert CAMUS

Ecrivain

PARIS

Cher ami,

    Permettez-nous de vous dire, au nom du Comité Directeur du Front Algérien pour la Défense et le Respect de la Liberté, combien nous avons été touchés par votre action et vos déclarations en faveur des "56" militants M.T.L.D. déférés récemment devant le Tribunal Correctionnel de Blida.

    Pour la plupart, vous vous êtes déplacés de loin pour venir éclairer ce qu'il est convenu d'appeler en Algérie la "justice" et démontrer brillamment que les véritables auteurs de complots ne sont pas ces jeunes Algériens, mais ceux qui prétendent gouverner notre pays.

    Vos déclarations ainsi que la manifestation de votre solidarité et de votre sympathie avec ces jeunes patriotes, ont jeté dans dans le desarroi les milieux colonialistes, étonnés de voir des Français issus du vrai Peuple de France, venir à la barre dire la vérité.

    Le Peuple Algérien, lui qui combat et qui souffre pour son indépendance, vous est reconnaissant.

    En espérant vous avoir toujours à nos côtés pour la défense de la liberté et de l' Indépendance des Peuples, nous vous prions de croire, cher ami, en nos sentiments algériens.

          P. LE C.D. du F.A.D.R.L..

            Le Secrétaire

'자유의 옹호와 존중을 위한 알제리 전선'이 알베르 카뮈에게 보낸 감사의 편지, 1951년 12월 14일.

적어도 현재 전개하는 활동에서 아랍 운동원들을 석방시키거나 경찰의 탄압으로부터 그들을 숨겨야 하는 문제가 생길 경우, 언제든 나의 이름을 사용해도 좋습니다.

다니엘 르나르에게 보낸 편지, 1955년 3월 25일.

알제리 전쟁

만약 시위에 나선 사람들이 북아프리카인들이 아니었다 해도 언론, 정부, 의회가 그토록 거침없는
태도를 보였을까, 그리고 그 경우에도 경찰이 그토록 자신만만하게 마음놓고 총격을 가했을까 하는 의문을
품어보는 것은 충분히 근거 있는 일이다. 물론, 그에 대한 답은 그렇지 않다는 것이다. 그리고 7월 14일의
희생자들은 어느 정도까지는 인종차별주의(감히 스스로의 정체를 드러내지는 못하는)에 의하여 살해당한
것이라고 할 수 있다. 그러나 모든 프랑스 사람들이 이런 태도를 공유한다고 믿기는 어렵기에, 그런 만큼
여러분 중 몇 사람이라도, 지금 당장, 어느 한쪽을 편드는 일과는 관계없이, 우선, 그리고 분명히,
발포 명령을 내린 사람들에 대한 또다른 조사를 요구하는 것이 마땅하다고 생각된다. 이러한 조사는 한 걸음
더 나아가, 지독히도 오랫동안 행정부 각 계층에까지 이어져온 저 어리석고, 조용하고, 잔혹한 음모를 추적하게
될 것이다. 알제리 노동자들을 뿌리 뽑힌 무리들로 전락시키고, 그들을 빈민굴에서 비참한 모습으로 살아가게
하며, 폭력에 이를 정도로 그들을 절망시켜 필요한 경우에는 그들을 살해하는 것마저 서슴지 않는 그 음모를
말이다. 「1953년 7월 14일 학살극에 대하여 〈르몽드〉에 보낸 편지」, 플레이아드 전집 III, 908.

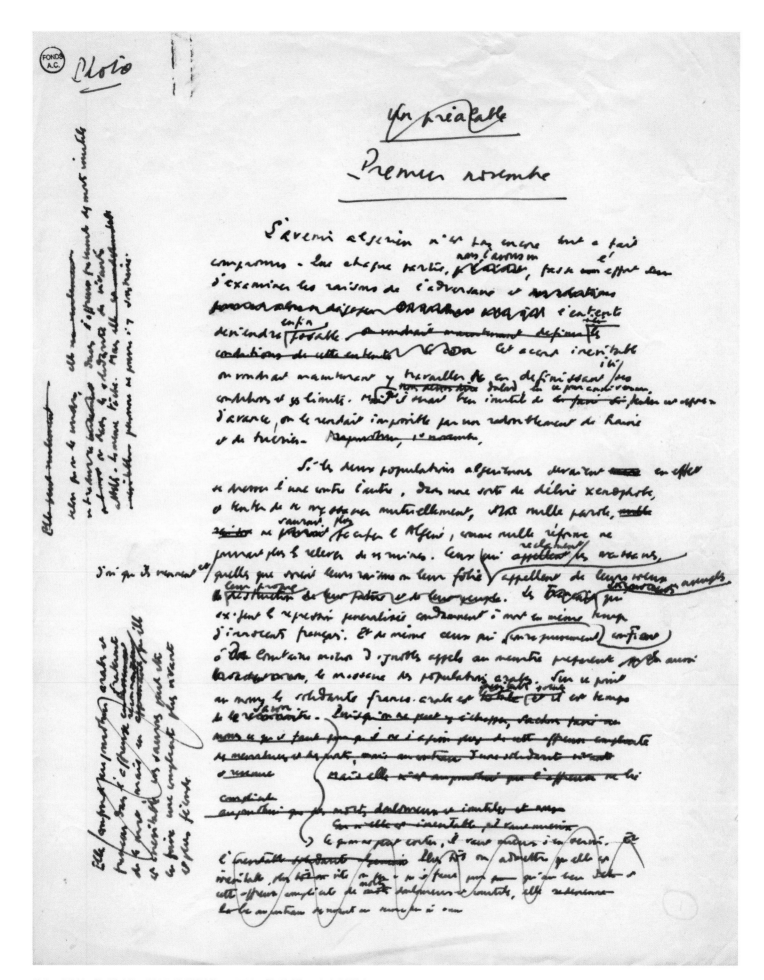

알베르 카뮈가 '11월 1일'이라는 제목으로 쓴 시론의 원고. 1955년 11월 1일 〈렉스프레스〉에 실렸다.
알베르 카뮈는 1955년에서 1956년까지 이 주간지에 알제리에 관한 일련의 시론들을 발표했다.

알제리 전쟁

공평하면서도 동시에 그만큼 유용한 것이 되도록, 똑같이 힘주어서, 표현에 개의치 말고,
우리는 알제리 민족해방전선이 무고한 프랑스 시민들에게, 그리고 거기에 더하여 보다 더 큰 폭으로,
아랍계 시민들에게 저지른 테러 행위를 고발하지 않으면 안 된다. 이런 테러 행위는 결코 용서할 수도,
확산을 방치해서도 안 되는 범죄 행위다. 『알제리 연대기』에 붙인 서문, 폴리오 에세. 16.

우리가 처해 있는 이 어려운 시간에, 그 어느 것 하나도 배제해서는
안 된다는 것, 그리고 흰 실과 검은 실로 끊어질 듯 팽팽하게
하나의 동일한 끈을 꼬는 방법을 배우는 것, 그것 말고 내가 무엇을
더 바랄 수 있겠는가? 지금껏 내가 실행했거나 말했던 모든 것
속에서는 이 두 가지 힘을 엿볼 수 있을 것 같다. 심지어 그 두 가지
힘이 서로 모순될 때까지도 말이다. 나는 내가 태어난 빛의 세계를
부정할 수 없었고, 그러면서도 이 시대가 강요하는 온갖 억압들을
마다하고 싶지가 않았다. 「티파자에 돌아오다」, 『결혼·여름』, 166.

1956년 8월 28일과 12월 16일 알제의 거리에서 자행된 폭탄테러 장면들.

1956년 1월 알제에서 알베르 카뮈가 발표한 '시민 휴전을 위한 호소문'의 타자 원고.

알제리 문제에서 나는 속죄의 정책이 아니라 회복의 정책 쪽을 신뢰한다. 과거의 잘못을 끝없이 반추할 것이 아니라 미래와의
관계를 생각하며 문제를 제기해야 마땅하다. 알제리의 양 공동체에 동시에 정당성을 부여하지 않는 미래란 있을 수 없다.
사실 이와 같은 공정성의 정신은 힘의 관계만이 또다른 종류의 정의를 규정하는 우리 역사의 현실과는 무관한 것 같다.
우리가 살고 있는 국제사회에서 최선의 윤리는 핵核의 윤리뿐이다. 이러할진대 오로지 패자만이 유죄인 것이다.

『알제리 연대기』에 붙인 서문, 폴리오 에세. 23.

adverses, mais également anachroniques, que sont
le racisme colonial plus ou moins larvé mais
se refusant à désarmer, et le nationalisme
exaspéré qui en est le corollaire fatal.

Aussi bien, l'Algérie - l'Algérie entière -
vous doit bien plus que cette fierté légitime
que vos succès lui procurent. Inspiratrice
première de votre œuvre - qui, tout en
embrassant l'Humain, s'est maintes fois
inscrite dans son cadre et demeure comme
imprégnée de sa présence - vous méritez
sa gratitude.

Avec cette tendre et filiale prédilection
que vous lui manifestez, vous faites rejaillir
sur elle de cet honneur exceptionnel que
le monde entier vous confère, aujourd'hui,
par l'entremise d'un aréopage si universellement
qualifié. Obstiné à la défendre dans l'intégrité
de son âme comme dans la riche diversité de
sa nature, vous restez en ce moment le plus
angoissant de son histoire, son espoir
ultime, peut-être? Celui dont l'autorité
morale déjà immense, et encore accrue désormais,
pourra délivrer de leur mortelle anxiété les
consciences encore obscures de ses enfants de bonne
volonté, les aider à s'éclairer mutuellement afin
qu'ils s'engagent dans le chemin de la
réconciliation et de la collaboration fraternelle.

Encore, une fois, mon cher Camus,
acceptez mes vives félicitations, avec un
amical et très fidèle souvenir.

1957년 10월 29일 모하메드 엘 아지즈 케수스가
알베르 카뮈에게 보낸 편지. 모하메드 엘 아지즈 케수스는
특히 격월간지 〈알제리 공동체〉를 창간한 사람이다.

알제리의 프랑스인들이 이제 필리프빌과 그 밖의 다른
지역들에서의 학살 행위를 잊을 수 있다고 가정하는 것은
인간의 마음을 전혀 모르는 것이나 다름없다. 역으로, 탄압이
시작된 이상, 아랍계 집단 속에서 프랑스에 대한 신뢰와
존중의 감정을 자아낼 수 있다고 가정하는 것은 또다른 종류의
터무니없는 생각이다. 그리하여 보다시피 우리는 자리에서
일어나 서로 마주보며 대립하고, 분노를 억제하지 못한 채
서로에게 최대한 피해를 주겠다는 것이다. 이 현실을 생각하면
나는 견딜 수가 없다. 하루하루의 긴 시간들이 지옥 같기만
하다. 그렇지만 같은 문화에 몸담은 채 너무나도 서로 닮은
당신과 나는, 너무나 오래전부터 형제처럼 똑같은 희망을
공유해왔고 우리의 땅에 대하여 품고 있는 사랑으로 하나된
당신과 나는, 우리가 서로 원수가 아님을, 우리 모두의 것인
이 땅에서 함께 행복하게 살 수 있음을 잘 알고 있다. 이 땅은
우리의 땅이니까, 당신과 당신의 형제들이 없는 이 땅은
상상도 할 수 없고, 아마도 당신 또한 이 땅을 나와 나를 닮은
저 모든 사람들과 떼어놓고는 생각할 수 없을 테니까 말이다.

「알제리인 투사(모하메드 엘 아지즈 케수스)에게 보낸 편지」, 1955년, 『알제리 연대기』, 폴리오 에세, 125.

LE GÉNÉRAL DE GAULLE

PARIS, le 21 Janvier 1959.

Mon cher Maître,

J'ai pris connaissance, avec toute
l'attention que vous souhaitiez, de votre lettre
du 11 janvier et des notes qui y étaient jointes.

Les trois dossiers dont vous m'entre-
tenez ont été joints à ceux des demandes de grâces
qui sont actuellement à l'examen et je puis vous
assurer qu'il sera tenu le plus grand compte des
éléments d'appréciation que vous m'avez adressés
à leur sujet.

Veuillez croire, mon cher Maître, à mes
sentiments les plus distingués et les meilleurs.

Monsieur Albert CAMUS
17, rue de l'Université
PARIS (7ème)

그 점에 대해 나는 나의 입장을 분명하게
정리해두려고 노력했다. 내 생각으로는 단순한
정의에 입각해 보더라도, 여러 민중의 연방 형태로
결성되어 프랑스와 결합한 알제리가 이슬람 제국과
결합한 알제리보다 비교가 되지 않을 정도로
더 바람직해 보인다. 이슬람 제국은 이곳의 아랍계
민중들을 위해서는 기껏해야 가난과 고통을 보탤
뿐일 것이고 알제리의 프랑스계 민중을 그들 본래의
조국에서 떼어낼 것이기 때문이다.

『알제리 연대기』에 붙인 서문, 폴리오 에세, 28.

사형선고를 받은 알제리인 세 명의 사면을 탄원하고자
알베르 카뮈가 보낸 편지에 대하여 드골 장군이 보내온 답신.

〈1808년 5월 3일, 마드리드〉,
프란시스코 데 고야(1746-1828).

"반항아들의 조국, 그 나라의
가장 위대한 작품들은
불가능을 향한 절규들이다."
『자유 스페인』에 붙인 서문,
플레이아드 전집 II, 668.

나는 위선과 공포정치 중 어느 하나를 택해야 할 까닭을 알 수가 없다. 위선은 언제나 공포정치의
시녀일 것이기 때문이다. 그렇게 되면 세상은 하나로 통일되고 말 것이다. 그러나 치욕 속에서 통일될 것이다.
우리로서는 적어도, 경쟁하듯 날로 더 역겹게 돌아가는 분위기 속에서 단호한 태도를
유지함으로써 오늘 저녁이 됐든 내일이 됐든 여전히 지키고 구해야 할 것이 무엇인지를 알 수 있게 될 것이다.
그리고 우리가 여전히 지키고 구해야 할 것은 생명, 자유로운 사람들의 연약하고 귀중한 생명이다.
만약 그 사람들이 죽임을 당하도록 방치한다면 우리 중에서 그들은 그만큼 부족한 존재들이 되고
말 터이다. 의심의 여지 없이 우리의 숫자는 그리 많지 않으니 말이다. 더군다나 우리는 지금 인간들이
날이 갈수록 더욱 빠르게 타락해가는 유럽에서 질식하고 있다. 자유로운 한 사람의 목이 떨어질 때마다
열 사람의 노예가 생겨나고 미래는 조금씩 더 어두워진다. 『사형수들을 위한 탄원』, 플레이아드 전집 III, 890.

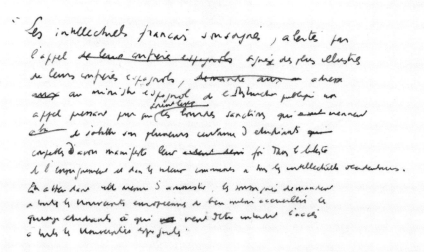

Paris, 17, rue de l'Université — 5, rue Sébastien-Bottin (VIIe)

1957년 3월,
스페인 대학생들을 옹호하기
위하여 카뮈가 작성한 원고.

이 민족은 발언할 권리가 있다. 그들에게 단 일 분이라도 발언권을 주어보라.
그러면 그들은 한목소리로 프랑코 정권에 대한 경멸과 자유에 대한 열정을
절규할 것이다. 명예가, 일편단심이, 한 위대한 민족의 불행과 고귀함이 우리가
투쟁하는 이유라면 그 투쟁은 우리의 국경을 넘어선다는 것을, 그리고 그 투쟁이
고통받는 스페인 안에서 짓밟히는 한, 우리 나라에서도 그 투쟁은 결코 승리를
거둘 수 없음을 인정하자. 「스페인의 우리 형제들」, 1944년 9월 7일, 『〈콩바〉에서』, 폴리오 에세, 186.

나는 러시아의 강제수용소에 대해서도 내가 어떻게 생각하는지를 최대한
소리 높여 말했다. 그러나 그 때문에 내가 다하우 수용소를, 부헨발트 수용소를,
이름 없는 수백만 사람들의 단말마적 고통을, 스페인 공화국의 수많은 생명을
앗아간 저 끔찍한 억압을 잊어버릴 수는 없는 것이다.

「왜 스페인인가」, 1948년 11월 25일, 『〈콩바〉에서』, 폴리오 에세, 714.

수백만 유럽인들에게 스페인 사태가, 반유대인주의처럼, 강제수용소들처럼, 혹은 자백을 받아내는 재판 기술처럼, 민주정치의 진정성을 판단할 수 있게 해주는 하나의 시금석이 된다는 것은 그 무엇으로도 부정할 수 없는 사실이다. 그러기에 프랑코 정권을 존속시켜둘 경우, 여타 민주 정부들이 자유와 정의를 대변한다고 표방해도, 유럽인들은 여전히 그들의 진정성을 믿지 못하게 될 것이다.

「스페인과 문화」, 1952년 11월 30일, 「시사평론 II」, 플레이아드 전집 III, 437-438.

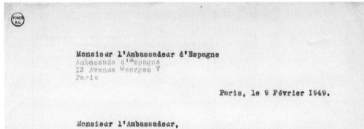

다시 몇 년이 더 지나. 부끄러움을 향해 한 걸음 더 나아가자, 우리는 콤파니스*를 프랑코에게 넘겨 안이하게 처형당하도록 만들었다. (물론 비시 정권 때였고 우리가 한 짓이 아니다. 그렇지만 머리에서 떨쳐버릴 수 없는 것은, 한 나라는 그 나라의 영웅들뿐만 아니라 배신자들과도 연대책임이 있다는 사실이다. 그렇지 않다면 그 나라는 그 어느 것과도 연대책임이 없는 것이다 그러니 어떻게 잊는단 말인가? 그런 모든 것들이 얼굴을, 스페인의 얼굴을 붉게, 그리고 검게 물들였다. 우리가 이미 우리 마음속에 간직하고 있던 그 얼굴을, 우리는 더이상 치유할 길이 없게 되었다. 「자유 스페인」에 붙인 서문, 플레이아드 전집 II, 667.

---

* 카탈루냐의 정치 지도자로 프랑스 망명중 프랑코에 넘겨져 1940년 10월에 처형되었다.

스페인 노동운동가 엔리케 마르코스 나달의 사형집행
정지 요청을 위해 '국제 연대 모임'의 프랑스 지부가
주불 스페인 대사에게 보낸 편지(1949년 2월 9일).
결국 그는 삼십 년형을 선고받고 1964년에 석방되었다.

FÉDÉRATION ESPAGNOLE DES DÉPORTÉS ET INTERNÉS POLITIQUES

COMITÉ DE PROTECTION :

MM.

Georges ALTMAN
Manuel BANDERA
Claude BOURDET
André BRETON
A. de BROUCKÈRE
Albert CAMUS
Pau CASALS
René CHAR
Fernand DEHOUSSE
Peter EGGE
André GIDE
Sigurd HOEL
Jef LAST
Carlo LEVI
François MAURIAC
George ORWELL
Arnulf OVERLAND
Mario PEDROSA
Rémy ROURE
J.-P. SARTRE
Stephen SPENDER
Ignacio SILONE
C. SCHILT
Peter Van ANROOY
Tarjei VESAAS

DÉLÉGATIONS :

U. S. A.
International Rescue and Relief Committee
103, Park Avenue, NEW-YORK 17, N.Y.

GRANDE BRETAGNE
Mr Acracio RUIZ
5, Fairfax Rd. LONDON N. W. 6

HOLLANDE
« De Vlam »
Singel, 135, AMSTERDAM-C.

NORVÉGE
Spaniakomiteen
12, Storgaten, OSLO

RÉPUBLIQUE ARGENTINE
Patronato Español P. E. A. V. A.
Catamarca, 465, BUENOS-AIRES

Fédération enregistrée à la Préfecture de Police sous le N° 11.409
Régie par la Loi du 1er Juillet 1901

**SERVICE DE PROTECTION ET D'AIDE
AUX DÉMOCRATES ESPAGNOLS VICTIMES
DE L'OPPRESSION ET DU TOTALITARISME**

PARIS, LE 29 Décembre 1949

CONSEIL NATIONAL

51, RUE DE BOULAINVILLIERS
PARIS (XVI°)
MÉTRO : LA MUETTE

TÉLÉPHONE : JASMIN 10-58

CTE CH. POSTAUX : 3026-13 PARIS

Réf. : AE/CH.

N° : 827/a.

Monsieur, Albert CAMUS.
18, rue Seguier.
Paris VI.

Cher Monsieur,

Au nom de tous nos camarades de la Fédération nous vous remercions très vivement, en cette fin d'année, par votre magnifique concours apporté aux oeuvres sociales en faveur des prisonniers politiques d'Espagne.

Permettez-nous, en leur nom et au notre, de vous adresser les voeux de santé et de bon succés que nous faisons de tout coeur à votre intention et nos meilleurs souhaits pour 1950.

Nous profitons de cette circonstance pour vous faire parvenir quelques exemplaires du matériel que nous avons mis en circulation en vue de recueillir des dons, ne doutant pas de mériter votre approbation et que vous, pourrez utiliser auprès de vos amis, si toute fois, vous le jugez convenable.

D'autre part vous trouverez ci-joint, un Rapport concernant la situation des prisonniers politiques en Espagne de l'importance duquel vous pourrez juger ainsi que quelques feuilles de papier à lettre à votre usage en ce qui concerne le Comité.

Veuillez croire, cher Monsieur, à l'expression de nos sentiments les meilleurs et fidélement devoués.

Le Président.
-José Calmamza.-

Le Secrétaire Général.
-José Doménech.-

F.E.D.I.P.
CONSEIL
NATIONAL

우리는 프랑코 장군을 알지 못한다는 것을, 그리고 우리가 인정하는 것은 오직 공화주의자들이 정당성과 희망 속에 한데 모일 날을 준비하고 있는 스페인 입헌정부뿐임을 미리 분명하게 밝혀두지 않고 우리는 대체 무엇을 기다리고 있는 것인가?
열정은 여기서 이성과 진실과 한덩어리가 된다. 그리고 우리의 이성과 진실이 이토록 깊이 개입된 대의를 지키는 일에는 아무리 열정을 바쳐도 부족할 것이다. 「스페인이 멀어져간다」, 1945년 1월 7-8일, 「〈콩바〉에서」, 폴리오 에세. 458.

그렇다, 프랑코가 유네스코에 들어간 순간, 그 즉시 유네스코는 세계 보편 문화 밖으로 나가버렸다. (…)
진정한 문화는 진실을 먹고 살고 거짓을 먹으면 죽는다. 사실 진정한 문화는 언제나 다른 곳에, 궁전이나
유네스코의 엘리베이터들에서 멀리 떨어진, 마드리드의 감옥들에서 멀리 떨어진, 모든 추방의 길들 위에
살고 있다. 문화가 사는 곳은 언제나, 내가 알고 있는 유일한 사회, 전체주의자들의 잔혹함과 부르주아
민주주의자들의 비겁함에 반대하고 프라하의 재판과 바르셀로나의 처형에 반대하며 모든 당을 다 인정하지만
오로지 하나의 당인 자유에 봉사하는, 창조자들과 자유인들의 사회다. 「스페인과 문화」, 1952년 11월 30일, 『시사평론 II』, 플레이아드 전집 III, 439.

세르반테스와 우나무노의 스페인이 다시 한번
길바닥에 내쫓겨 있는 동안 프랑코의 스페인은
따뜻하게 난방이 된 문화와 교육의 전당으로 남몰래
안내받았다. 마드리드에서 이제부터 유네스코의
직접적인 협력자로서 활동하게 될 현 공보장관이
히틀러 지배 시절 나치의 선전을 맡아했던 바로
그 인물이라는 사실을 알게 될 때, 이제 막 기독교
시인 폴 클로델에게 훈장을 수여한 정부가
무고하게 처형당한 사람들의 시체 소각로를 창안한
힘러에게 붉은 화살 훈장을 수여한 바로 그 정부라는
사실을 알게 될 때, 민주주의자들이 이제 막 그들의
교육자 사회 속으로 맞아들인 것은 칼데론도 로페 데 베가도
아닌 요제프 괴벨스라는 말에는 근거가 있다.

「스페인과 문화」, 1952년 11월 30일, 『시사평론 II』, 플레이아드 전집 III, 434-435.

유네스코 사무총장 앞으로 보낸 알베르 카뮈의 편지(1952년 6월 12일).
〈라 레볼뤼시옹 프롤레타리엔〉 1952년 7월 제63호에 실렸다.

당신 쪽에서도 공개 편지를, 그 편지를 실어주지 않을 소련 언론이 아니라 프랑스 언론에 발표하라는
것입니다. 당신은 그 공개 편지에서 소련의 강제수용소 제도와 수감자들의 노동력 동원에 반대한다는
입장을 밝혀야 할 것입니다. 동시에 당신 쪽에서도, 상호주의에 입각하여, 소련의 강제수용소에 여전히
갇혀 있는 그 스페인 공화주의자들의 무조건적인 석방을 요구해야 마땅할 것입니다. 당신의 동지인
쿠르타드가, 그 공화주의자들이 우리 모두에게 얼마나 귀중한 존재인지를 잊은 채, 그리고 아마도
자기 자신은 그 사람들의 신발끈을 묶어줄 자격도 못 되는 인물임을 알지 못하는 듯, 함부로 모욕해도
된다고 생각했던 바로 그 공화주의자들 말입니다. 「에마뉘엘 다스티에 드 라 비주리에게 보내는 두번째 답변」, 1948년 10월, 『시사평론』, 212.

그리스에서의 탄압

열 명의 그리스 지식인(옛 레지스탕스들로 그중 두 사람은 독일에 의해 사형선고를 받은 바 있다)이
비밀리에 자신들의 나라를 떠나려 했다는 죄목으로 아테네 군사법정에서 재판에 회부되었다. 피의자 신분으로
일 년간 구금되어 있던 이 용의자들은 재판 전날에야 기소장의 내용을 알게 되었다. 이 기소장은
단순한 뺑소니 죄를 걸고넘어진다. 이 법조문이 적과의 협력 행위에 적용되면 피의자들에게는 사형이 내려질
위험이 있다. 이 모든 사실들로 충분히 우리는 이 새로운 법 남용 행위에 대하여 가장 단호한 항의 의사를
표명하지 않을 수 없다고 느끼게 되었다. 앙드레 브르통, 알베르 카뮈, 「열 명의 그리스 지식인을 구명하기 위하여 : 프랑스 지식인들의 호소문」, 1949년, 플레이아드 전집 III, 860.

마르코스 장군의 지지자들에게 합류하려 했다는 이유로 고소당한
그리스 지식인들과 관련하여 프랑스 지식인들(알베르 카뮈 포함)과
그리스 국방장관 파나요티스 카넬로풀로스 사이에 오간 편지, 1949-1950년.

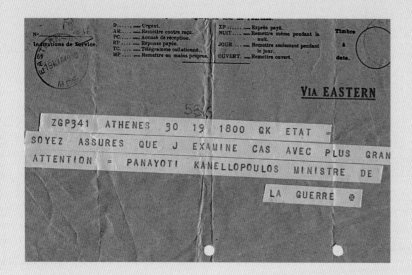

Madame.

Je vous autorise a mettre ma
s. Jnalure au bas de votre appel
en faveur de Themos Kornaros. Je
vous serai reconnaissant de bien
vouloir me tenir au courant des
suites qui pourraient être
données.

Respectueusement à vous

Albert Camus

그리스 시인 테모스 코르나로스의 투옥과 관련하여
알베르 카뮈와 아드리엔 카츠 사이에 오간 편지.

Madame A.Katz   Zurich, le 7 avril 1951
Wilfriedstrasse 9

Monsieur,

Je vous suis infiniment reconnaissante d'avoir bien voulu donner
votre signature pour l'appel en faveur du poète Grec Themos Kor-
naros, interné à Hagios Eustratios. Voici la liste (provisoire)
des presonnes qui ont signé jusqu'à présent:

                    Professeur Hugo Bergmann, Jerusalem
                    Martin Buber   "
                    Pablo Casals, Prades
                    Albert Camus, Paris
                    Professeur G.A.Borgese, Chicago
                    Albert Einstein, Princeton
                    Emilia Fogelklou, Stockholm
                    Victor Gollancz, Londres
                    Hermann Hesse, Montagnola près Lugano
                    Professeur E.Simon, Jerusalem
                    Kurt Wilhelm, Grand-Rabbin; Stockholm
                    Roland de Pury, Genève

Nous attendons encore les signatures de Thomas Mann et de quelques
autres.

Malheureusement, nous ne savons pas exactement dans quels journaux
et revues françaises on pourrait placer l'appel, qui naturellement
devra paraître dans la presse mondiale, après avoir été envoyé à
l'O.N.U. Serait-ce trop vous demander de bien vouloir nous nommer
les quotidiens, hebdomadaires et revues qui, à votre avis, publie-
raient l'appel?

Naturellement, je vous tiendrai au courant des suites qui seront
données à l'appel auprès de l'O.N.U.

En vous remerciant encore je vous prie d'agréer, Monsieur, l'ex-
pression de mes sentiments respectueux.

                                              A. Katz

                    M.

                    L'appel pourrait paraître dans Combat, 121 rue Montmartre
                    Franc Tireur, 100 rue Reaumur, l'Observateur, faubourg Poissonnière
                    et, naturellement, les organes communistes.

                    Croyez Madame à mes sentiment respectueux

'그리스의 아이들', 〈렉스프레스〉,
1953년 12월 6일자.

1955년 12월 6일 파포스 섬에서 15세의 학생
니코스 디미트리우는 정치적 성격의 특별범죄
법정에서 최근 이 섬에서 공포된 긴급 상황 법령에
따라 태형에 처해졌다. 아버지는 형 집행을 위해
아들을 경찰에 출두시킬 것을 약속했으며
삼십 리브르를 보석금으로 지불하지 않으면 안 되었다.
(…) 이튿날 12월 7일, 또다시 파포스 섬에서
세 사람의 시내 중학교 학생 루카스 페트리디스
(18세), 안드레아스 디미트리우(17세), 니콜라
니콜라우(17세)는 크티마에서 한 비밀 집회에
참가했다는 죄목으로 열 대의 태형에 처해졌다.
안드레아스 자브로스 학생(15세)은 여섯 대의 태형에
처해졌다. 카뮈 소장 문헌.

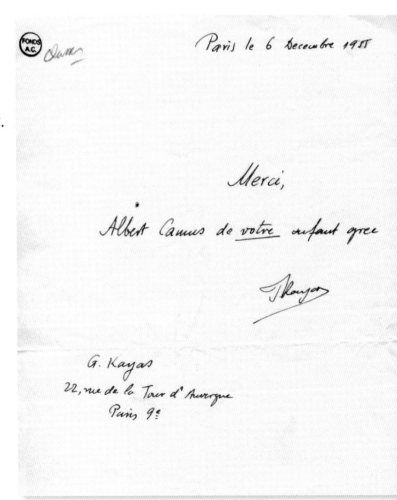

그날 아침, 형 집행을 위한
만반의 준비가 갖추어졌다.
나로서는 오로지 모든 것이
빨리 끝나기를 바랄 뿐이었다.
그 소식을 들었을 때, 나는 내
귀를 의심하지 않을 수 없었다.
알베르 카뮈가 나선 덕분에
나는 형 집행을 모면할 수
있었다. 그를 직접 만나 감사의
뜻을 표할 기회가 없었다는
것이 얼마나 유감인가.

마놀리스 글레조스, 2001년.

그리스의 부채 축소를 위한 긴축 계획에
반대하는 아테네 군중 시위에서 최루가스를
마시고 쓰러진 마놀리스 글레조스를
사람들이 부축하여 옮기고 있다.
2010년 3월 5일.

Paris, le 27 avril 1959.

Monsieur le Président,

    j'ai accepté de confier aux avocats de M. Manolis Glesos une lettre où je voudrais vous exprimer, en dehors de tout esprit de parti, les sentiments avec lesquels un certain nombre d'intellectuels français libres suivent l'affaire Glesos. En bref, l'amitié et la dette de reconnaissance, souvent personnelle, que nous nous sentons à l'égard de votre pays nous font souhaiter, sans prendre position sur le fond de l'affaire, que votre Gouvernement s'honore en adoptant une attitude libérale dans l'affaire Glesos. Tout en nous en remettant à vos sentiments d'équité, nous vous serions personnellement reconnaissants de bien vouloir envisager des mesures de faveur pour un intellectuel dont je ne partage pas les convictions mais dont le courage personnel mérite au moins l'estime.

    Je suis intervenu personnellement, et avec toute l'énergie possible, contre l'asservissement brutal et sanglant de la Hongrie. C'est vous dire en même temps que ma lettre d'aujourd'hui n'obéit qu'à des considérations d'objectivité et d'humanité. J'ajoute que j'ai exigé des avocats de Manolis Glesos qu'aucune publicité ne lui soit jamais donnée.

    Il me reste, Monsieur le Président, à vous remercier de l'attention que vous voudrez bien donner à cette lettre et à vous assurer de mes sentiments de très haute considération,

Albert Camus.
17 rue de l'Université.
Paris (7°)

마놀리스 글레조스의 사면을 요청하기 위해 알베르 카뮈가 그리스 공화국 대통령에게 보낸 편지. 1959년 4월 27일.

201

유럽을 위한 제안

조금 전 당신은 숙명적인 한마디 말을 입 밖에 냈습니다. '주권'이라는 말을 말입니다. '주권'이라는 그 말은 오래전부터 국제 역사의 모든 수레바퀴가 돌아가는 것을 가로막는 막대기 노릇을 했습니다. 앞으로도 계속 그럴 겁니다. 「유럽 문명의 미래」, 플레이아드 전집 III, 1002.

브뤼셀 유럽의회 본부 앞에 펄럭이는 깃발들.

그러니까 우리가 오직 유럽 국민들의 선의에만 기대를 건다면(그런데 반드시 그 선의에 기대를 걸기는 해야 합니다. 그 선의 없이는 분명 아무런 진전도 없을 테니까요) 그것만으로는 일을 진척시키는 데 충분치 못할 것입니다. 그러므로 여러 가지 제도들이 필요합니다. 당연히 유럽 여러 민족에 공통된 제도여야 할 그런 제도의 수립에 당신이 반대하는 것은 유럽의 여러 민족들 간의 풍속, 생활방식의 차이가 그 제도들을 가로막는다는 점 때문입니다. 나는 프랑스의 예를 들어 당신의 생각에 이의를 제기해보고자 합니다. 마르세유 사람은 분명 브레스트에 사는 사람보다 나폴리 사람과 더 가깝습니다. 페르피냥 사람과 루베 사람 사이에는 아주 큰 차이가 있습니다. 그럼에도 불구하고 프랑스는 하나로 통일되었고, 오늘날 페르피냥과 루베는 좋건 싫건 간에 동일한 정부를 세웠습니다.

「유럽 문명의 미래」, 플레이아드 전집 III, 1004.

4

5

우리가 전쟁의 불행을 모면할 수만 있다면,
유럽에게는 충분한 재능과 힘이 있으니 유럽은
다시 협력해 국경을 초월하여 서양문명을 창조,
건설하고 그 문명을 구체적 모습으로 실현할 수
있을 것입니다. 그러나 그 과업이 성숙하는 데는
시간이 필요하고 또 우리는 아지도 수많은 실망과
불안의 요인들을 안고 있지요. 그러나 무슨
상관입니까? 중요한 것은 바로 용기를 잃지 않는
일입니다. 토머스 M. 그린에게 보낸 편지, 1959년 4월 29일.

알베르 카뮈, 파리의 '프티 테아트르'에서
〈칼리굴라〉 연습 때, 1958년.

절도와 모순의 개념은 바로 이 지점에서 그 원칙을 수행한다. 그 개념은 바로 인간의 본성과 역사 속에
각인되어 있으니 말이다. 그래도 유럽에서 상당수의 지성들이 도달했던 이 개념에 이를테면 우리도
언젠가 도달하게 될 것이다. 이 개념은 곧, 자유에는 한계가 있다는 것, 정의에도 한계가 있다는 것,
자유의 한계는 정의 속에, 다시 말해서 타자의 존재와 타자의 인정 안에 들어 있다는 것, 그리고 정의의
한계는 자유 안에, 다시 말해서 한 개인이 어떤 집단 속에서 자신의 모습 그대로 존재할 권리 안에
들어 있음을 뜻한다. 「유럽 문명의 미래」, 플레이아드 전집 III, 1004.

이 난관들을 극복하고 유럽을 이룩하기 위해,
다시 말해서 파리, 아테네, 로마, 베를린이
이를테면 어떤 '중간' 제국(어떤 방식으로든
내일의 역사에서 스스로의 역할을 할 수 있는)의
중추신경들이 될 그런 유럽을 이룩하기 위해
투쟁하지 않으면 안 된다.
「유럽 문명의 미래」, 플레이아드 전집 III, 1002.

파리 바그람 홀에서 열린
토론회에서 알베르 카뮈.
1957년 3월 15일.

우리 유럽의 개인주의가 공동체의 여러 가지 의무라는 보다 확실한 개념 쪽으로
귀착되는 만큼, 그리고 동양의 집단주의 속에서 개인의 자유의 첫 효모가 싹트는 만큼,
우리는 발전할 것이다. 「유럽 문명의 미래」, 플레이아드 전집 III, 1013.

세계
Le Monde

1946년, 서른세 살의 알베르 카뮈는 미국과 캐나다로 순회강연을 떠난다. 그는 1949년에 같은 목적으로 다시 남미로 떠난다.

제2차세계대전이 끝난 이래 서방세계는 변했다. 지난날의 연합국들은 서로 대립하고 분열된다. 북아메리카의 강대국은 소비에트의 독재정권에 맞서 세력을 펼친다. 이 양대 진영 사이에서 '정오의 사상'은 스스로의 길을 찾으니…

카뮈는 자신이 러시아에 빚지고 있는 점을 밝히면서도, 동유럽 노동자들에 가해진 모든 자유 침해에 항의하며 분연히 일어선다. 한편 미국에서는 자연 풍경을 찾아볼 수 없는 여러 대도시를 방문하면서 거대한 철근 콘크리트 건물들과 그들이 부르짖는 경제적 위력 앞에서 현기증을 느끼게 된다. 남미에서는 바다, 스페인어, 그리고 사람들 모두가 그에게 보다 친근하게 느껴진다.

그는 이렇게 기록한다. "이번에는 우리 스스로 정복자가 되어 경계선을 밀어서 이동시켰고 하늘과 땅을 마음대로 다스렸다. 우리의 이성이 온누리를 싹 쓸어서 비웠다. 마침내 유아독존 격으로 남게 된 우리는 사막 위에 우리의 제국을 완성한다."* 그러나 "인간은 아름다움 없이는 살 수 없다는 것 또한 그에 못지않은 사실인데 우리 시대는 그 사실을 모르는 체하고 있는 것이다. 이 시대는 절대와 제국에 도달하기 위하여 안간힘을 쓰며, 이 세계의 참다운 맛을 속속들이 음미하기도 전에 그 모습을 변화시키려 들며, 이 세계를 이해하기도 전에 정돈하려 든다."**

그래서 '정오의 사상'은 "아무것도 서로 갈라놓지 않으며 아무것도 배제하지 않을 것"***을, 그리고 어떤 세계 정부의 구상 속에서 해결책을 찾을 것을 제안한다. 유토피아일까? 그럴지도 모른다. 그러나 상대적인 유토피아다. 경제적 현실주의가 우리를 어디로 인도해왔는가를 되돌아보면서, 돈이 신격화된 제국, 오늘날 저마다의 경계선 위에 가루가 되어 흩어진 이 제국에서 우리는 어쩌면 저 '정오의 사상'으로, 그리고 그 사상이 전제로 하는 절도節度와 형제적 이해의 세계로 되돌아가고 싶은 유혹을 느낀다.

---

* 「헬레네의 추방」, 『결혼·여름』, 137.
** 「헬레네의 추방」, 『결혼·여름』, 140-141.
*** 「명부의 프로메테우스」, 『결혼·여름』, 122.

러시아와 동구 진영

톨스토이와 고리키가 말하듯, 러시아 국민이 끊임없이 세상의 효모로서
존재해온 것에 감사하는 표시로 그 국민을 사랑하는 좋은 방법은 그들이
강대국의 모험을 감행할 것을 기원하는 것이 아니라, 과거에 그토록 많은
시련을 겪고 난 그들이 또다시 끔찍한 피를 흘리는 일이 없도록 해주는 것이다.
미국 국민이나 불행한 유럽에 대해서도 마찬가지다. 사람들이 광란의
세월 속에서 망각하고 있는 것은 바로 그런 종류의 초보적 진실들이다.

「피해자도 가해자도 아닌」, 「시사평론」, 183.

앞의 두 페이지
러시아 세르기예프포사트의 트로이체 세르기예바 대수도원.

← 〈3월〉. 이사크 레비탄(1860-1900).

러시아 문학 : 도스토옙스키

사람들은 오랫동안 마르크스가 20세기의 예언자라고 믿어왔다. 이제 우리는 그의 예언이 실패로 끝났다는
것을 알게 되었다. 그리고 진정한 예언자는 도스토옙스키였다는 사실을 깨닫게 될 것이다.
그는 최고 종교재판관이 지배하고 정의에 대하여 힘이 승리하는 세상이 온다는 것을 예언했다.

'알베르 카뮈가 자신의 『악령』 각색에 대하여 말하다', 〈스펙타클〉, 1958년. 플레이아드 전집 IV, 536.

표도르 미하일로비치 도스토옙스키(1821-1881).

나는 스무 살 때 이 작품을 처음 만났는데
그때 받은 충격은 이십여 년이 지난 지금까지도
생생하다. 나는 『악령』이 『오디세우스』
『전쟁과 평화』 『돈키호테』 그리고 셰익스피어의
연극처럼 인간정신이 창조하여 쌓아올린
어마어마한 업적의 최고봉을 장식하는 서넛의
가장 위대한 작품들과 어깨를 나란히 한다고
생각한다. 「도스토옙스키를 위하여」, 1957년, 플레이아드 전집 IV, 590.

내가 볼 때 도스토옙스키는 니체보다 훨씬 먼저 우리 시대의 니힐리즘을 간파하고, 그것의 정체를 규정하고, 그것의 끔찍한 영향을 예언하면서 구원의 길을 제시하고자 한 작가다. 그의 으뜸가는 주제는 그 자신이 '심오한 정신, 부정과 죽음의 정신'이라고 일컫는, '무슨 짓이든 다 해도 좋다'는 무한 자유를 부르짖다가, 모든 것의 파괴 혹은 만인의 예속에 이르게 되는 정신이다. 그의 개인적인 고통은 거기에 가담하는 동시에 그것을 거부한다는 데 있다. 그의 비극적인 희망은 겸허함에 의하여 모멸을, 포기에 의하여 니힐리즘을 치유하는 것이다. 「도스토옙스키를 위하여」, 1957년, 플레이아드 전집 IV, 590.

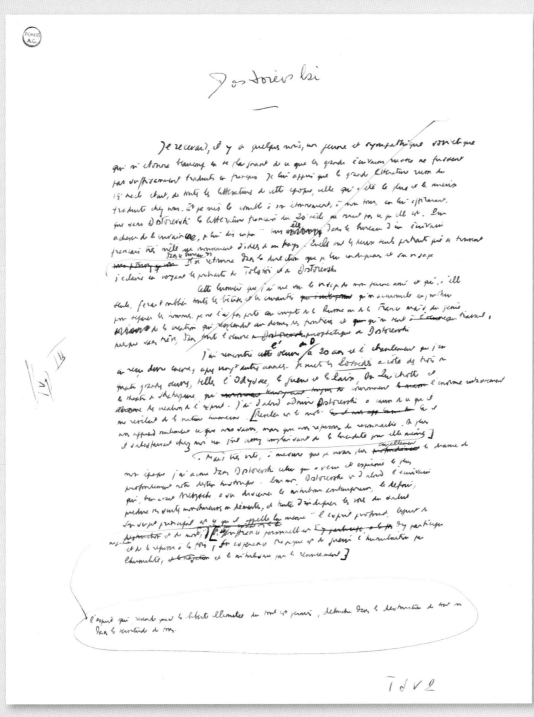

1955년 '라디오 프랑스'가 마련한 도스토옙스키 오마주 공동 특집을 위하여 쓰고 1957년
〈테무앵〉지에 수록된 「도스토옙스키를 위하여」(플레이아드 전집 IV, 589-590)의 원고.

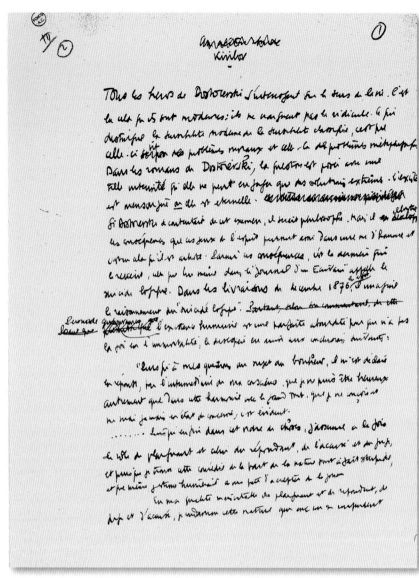

『시지프 신화』의 원고(폴리오, 142-143).

이제 우리 모두가 다 알고 있듯이, 도스토옙스키가 창조한 인물들은 이상하지도 부조리하지도 않다. 그들은 우리와 닮았다. 우리는 그들과 똑같은 마음을 지니고 있다. 『악령』이 예언적인 책인 것은 그 인물들이 단순히 우리의 니힐리즘을 예고하고 있기 때문만이 아니라 고뇌하는, 혹은 죽은 영혼들을 무대에 올려놓고 있기 때문이다. 사랑할 능력이 없고 사랑할 수 없어서 괴로워하는, 믿고 싶어하지만 믿을 수 없는 영혼들, 오늘날 우리의 사회와 정신적 세계를 가득 채우고 있는 영혼들 말이다. 「무대에 올린 『악령』」, 플레이아드 전집 IV, 537.

이 작품의 주제는 우리 시대의 영웅 스타브로긴의 정신적 모험과 죽음 못지않게 샤토프의 살해(실화, 즉 니힐리스트 네차예프가 학생 이바노프를 살해한 사건에서 영감을 받은 것)이기도 하다. 그러므로 오늘 우리의 무대에 오른 것은 세계문학의 걸작 중 한 편일 뿐만 아니라 시사적 관심사를 담은 작품이기도 한 것이다. 「무대에 올린 『악령』」, 플레이아드 전집 IV, 537-538.

1950년대에 알베르 카뮈는 도스토옙스키의 소설 『악령』을 희곡으로 각색하는 작업에 매달린다.
이 작품은 1959년 1월 30일 테아트르 앙투안에서 초연되었다(사진은 연습 장면).

도스토옙스키의 열렬한 — 스페인 사람들 식으로 말하자면 아피시오나도스 —
애호가들은 톨스토이를 견디지 못해하는 경우가 많다. 그리고 그 반대의
경우도 마찬가지다. 『전쟁과 평화』를 엄청나게 높이 평가하면서 도스토옙스키의
소설들은 읽을 수가 없다거나 읽기는 하되 좋아하지 않는 사람들의 경우를
나는 알고 있으니 말이다. 내 개인적인 경우로 말하면, 나는 그 두 작가를
다 좋아하는데 아무런 문제가 없다. 「『악령』, 관객들과의 토론」, 플레이아드 전집 IV. 547-548.

러시아 문학 : 톨스토이, 고리키

도스토옙스키와 동시에 톨스토이에게서 정신적 자양을 얻어 그 둘을 마찬가지로 쉽게 이해하는
그런 사람들. 자신들에 대해서건 남들에 대해서건 언제나 가공할 천성. 「작가수첩 Ⅲ」, 134.

파리 샤날레유 거리에 있는 카뮈의 사무실에 걸린
톨스토이(1828-1910)의 초상.

톨스토이와 고리키 그 두 사람은 문학이 무엇인지 명확하게 규정해준다. 필요에
따라 여러분은 노동자 문학이라고 부를지 모르고. 그보다 덜 우스꽝스러운
말이 생각나지 않기에 나라면 진정한 문학이라고 부르고자 하는 문학을 말이다.
이 예술에서는 가장 단순한 마음과 가장 공들여 세련한 취향이 서로 만난다.
사실 그 둘 중 하나가 부족하면 균형이 무너진다. 과연 장사치 계층을 위한 문학인
(적어도 이 시대 대다수 작품들의 경우) 우리 시대의 문학은 균형을 파괴해버렸다.
단순히 세련과 정교함만을 돋보이게 하기 위해서(그 때문에 문학은 대번에 노동자
대중과 멀어졌다) 균형을 파괴한 것이 아니다. 장사치들의 마음에 들고자 할 경우
자연히 그럴 수밖에 없는 것이기도 하지만. 우리 시대의 문학은 천박함과 비웃음
쪽으로 나아감으로써 균형을 파괴했다. 「**문학과 노동**」, 플레이아드 전집 Ⅲ. 930.

야스나야 폴라나의 자택에서 레프 톨스토이.

야스나야 폴랴나의 톨스토이 자택 정원에서 레프 톨스토이와 막심 고리키(1868-1936).

예를 들어서 고리키는 노동자 문학의 가장 아름다운 대표들 중 하나로 간주될 수 있다. 그러나 내가 볼 때 그의 책들과 대지주인 톨스토이의 책들 간에 종류의 차이는 없다. 오히려 나는 그들 둘을 같은 이유로 좋아한다. 즉 그들은 단순하면서도 아름다운 언어로 한 인간의 마음속에서 가장 위대한 것인 기쁨 혹은 고통을 말하고 있는 것이다. 「문학과 노동」, 플레이아드 전집 III, 930.

보리스 파스테르나크(1862-1960).

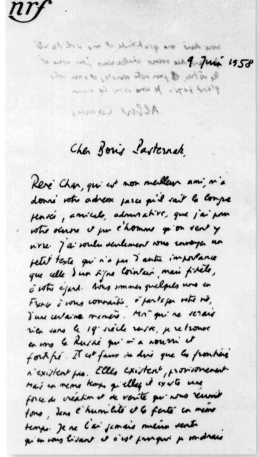

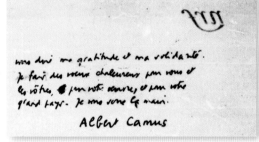

보리스 파스테르나크에게 보낸 알베르 카뮈의 편지, 1958년 6월 9일.

작가에 대한 일종의 애정을 느끼면서 『닥터 지바고』를 다 읽었다.
그 책이 19세기 러시아의 예술적 전통을 답습하고 있다는 것은
옳지 않은 말이다. 그 책은 훨씬 더 서투르고, 끊임없는 스냅사진들을
보여주는 표현 양식은 현대적이다. 그러나 그 이상의 것이 있다.
사십 년간의 구호와 인도적 잔학성에 짓눌려 있던 러시아의 마음을
되살려낸 것이다. 『닥터 지바고』는 사랑의 책이다. 모든 인간에게로
널리 퍼지는 그런 사랑의 책이다. 의사는 그의 아내를, 라라를,
또다른 사람들을, 러시아를 사랑한다. 그는 자기의 아내와 라라와
러시아와 그 밖의 것들과 헤어져 있기 때문에 죽는다. 그리고
파스테르나크의 용기는 창조의 그같이 진정한 원천을 다시 찾아냈다는
것, 그리하여 저 사막 한가운데서 샘물이 뿜어나오도록 하는 일에
조용히 전념하고 있다는 것, 바로 거기에 있다. 『작가수첩 Ⅲ』, 343-344.

『닥터 지바고』는 철의 장막 이쪽과 저쪽 너머 전 세계인에게 세계문학이 생산한 무수한 업적들을 높은 곳에서 굽어보는 유례없는 책으로 보였다. 이 위대한 사랑의 책은 세인들이 강조하고 싶어하는 것처럼 반소비에트적인 것이 아니다. 이 책은 그 어떤 당파에 무언가를 제공하는 것이 아니다. 그 책은 보편적, 범세계적이다. (…) 파스테르나크의 천재성, 그의 고귀함과 선량함은 러시아에 해가 되기는커녕 오히려 러시아를 빛나게 하고 모든 선전들보다도 더 러시아를 사랑하게 만들 것이다. 러시아가 세계인의 눈에 고통당하는 것으로 비친다면 그것은 오로지 오늘날 범세계적으로 칭송받고 유난히 사랑받는 한 인간이 박해받는 그 순간부터일 것이다. 「파스테르나크는 배척받는 인물이 될 것인가?」, 1958년 11월 1일, 〈르 피가로 리테레르〉, 플레이아드 전집 IV, 596.

알베르 카뮈에게 보낸 파스테르나크의 답장, 1958년 8월 14일.

1905년의 혁명가들

1949년, 알베르 카뮈는 1905년 모스크바에서 칼랴예프 등의 러시아 혁명 조직원들이 세르게이 대공을 살해하려고 했던 계획에서 영감을 얻은 희곡 『정의의 사람들』을 발표한다. 사진은 파리의 에베르토 극장에서 〈정의의 사람들〉 공연단원들과 함께. 1949년 12월.

문제는 자기 자신이 탈옥하기 위해서 부양할 아이들이 있는 간수를 죽여야 하느냐에 있는 것이 아니라 모든 수감자들을 해방시키기 위해서 간수의 아이들도 죽여야 하느냐에 있는 것입니다. 그 미묘한 차이는 중요합니다. 우리 시대는 긍정으로도 부정으로도 대답하지 않습니다. 아예 문제를 제기하지 않아요. 그러는 것이 더 편하니까요. 나도 문제를 제기하지 않습니다. 그러나 나는 그 문제를 스스로 제기하는 사람들을 격려하는 쪽을 선택했습니다. 나는 그들 배후에 물러서서 그들에게 봉사했습니다. 그렇지만 확실한 것은 그들의 답이 그냥 집안에 가만히 들어앉아 있어야 한다는 것은 아니라는 점입니다. 그 답은 1)일에는 한계가 있으니, 어린아이들이 바로 그 한계다(그 밖에 다른 한계들도 있어요) 2)간수를 죽일 수도 있다 3)그러나 자기 자신도 죽어야 한다, 라는 것입니다. 우리 시대의 답은 (암묵적인 답이지요) 그와 반대로 1)일에 한계란 없다. 물론 어린아이들이 있다. 하지만 따지고 보면… 2)필요하다면 모든 사람을 다 죽이자 3)그리고 레지옹 도뇌르 훈장을 달라고 하자. 『정의의 사람들』과 관련하여 장 다니엘에게 보낸 편지, 1950년 2월 26일.

나는 심지어 『정의의 사람들』의 주인공 이름으로 그의 실제 이름인 칼랴예프를 그대로 썼다. 게으른 상상력 때문에 그랬던 것이 아니라 더할 수 없이 비정한 과업을 수행하느라 다친 마음을 끝내 치유하지 못한 그 남자들과 여자들에 대한 존중과 찬미의 마음에서 그렇게 한 것이다. 『정의의 사람들』에 붙인 소개의 말, 폴리오, 7.

A MOSCOU
ASSASSINAT DU GRAND-DUC SERGE

대공 옆 좌석에 어린아이들이
타고 있었기 때문에
폭탄 던지기를 포기한 칼랴예프는
이틀 후 폭탄을 던진다.
사진은 〈르 프티 파리지앵〉지의
1면 톱기사.
1905년 3월 5일자.

이른바 '현대적'인 추론은 이렇게 잘라 말한다. "가해자가
되고 싶지 않다니, 그렇다면 당신들은 어린이 성가대원들이다."
그리고 그 반대도 성립한다. 이런 식의 추론은 오로지
야비함만을 드러낸다. 칼랴예프, 도라 브리양과 그들의
동지들은 오십 년의 세월을 건너뛰어 그런 야비함을 논박하면서
오히려 우리에게 세상에는 죽은 정의와 산 정의가 있다고
말한다. 그리고 정의는 안락이 되는 순간, 불로 지져지는 듯한
고통이기를 그치는 순간 죽고 만다고 말한다.

「정의와 증오」, 1950년, 『시사평론 II』, 플레이아드 전집 III, 386.

파리 바그람 홀에서 열린 헝가리 난민 원조를 위한 집회에서의 알베르 카뮈. 1957년 3월 15일.

소비에트의 전체주의

동유럽은 진정한 희망 위에 건설된 엄청난 집단 기만입니다.
희망을 크게 외치고 집단 기만은 소리 높여 고발합시다. 체스와프 미워시에게 보낸 편지, 1953년 6월 18일.

오늘날 러시아는 감시탑이 즐비한 노예의
땅입니다. 이런 강제수용소 체제가 무슨 자유의
수단인 양, 미래에 행복을 가져올 학교인 양
찬양받는 것을 나는 끝까지 반대할 것입니다.
편지.

아니다, 평화의 비둘기는 교수대
위에 내려앉지 않는다, 아니다,
자유의 군대는 피해자의 아들들을
마드리드 가해자들과 한데
어울리게 할 수는 없다!
그런 면에서 본다면, 이제부터
우리는 적어도 확신할 수 있을 것이다.
자유는 어떤 국가나 어떤 두령으로부터
주어지는 선물이 아니라 각자의
노력과 만인의 결속으로 매일매일
쟁취하는 재화라는 것을.

「자유의 빵」, 1953년 5월 10일, 「시사평론 II」, 플레이아드 전집 III, 451.

상단 : 러시아의 젊은 공산당원들.
1951년 8월 14일.

'우리의 친애하는 스탈린'. 〈라 나시옹〉, 1949년.

우파든 좌파든 전체주의 사회를 규정하는 것은 무엇보다도 단일 정당이다. 단일 정당은 스스로를 파괴할
아무런 이유가 없다. 그렇기 때문에 진화하고 해방될 능력이 있는 유일한 사회, 우리의 비판적이면서도 능동적인
공감을 살 수 있는 유일한 사회는 바로 복수 정당이 제도화되어 있는 사회다. 그런 사회만이 불의와 범죄를
고발하고, 따라서 바로잡을 수 있게 해준다. 그런 사회만이 오늘날 고문을, 부다페스트에서만큼이나 비열한 알제의
저 가증스러운 고문을 고발할 수 있게 해준다. 「**카다르가 공포의 날을 맞았다**」, 플레이아드 전집 IV, 563.

카라간다(현재 카자흐스탄) 강제 노동수용소, 1936-1938년.

러시아의 강제수용소 제도는 인간들의 통치로부터
사물의 관리로의 변증법적 이행을 실현했다.
그러나 그 실현은 인간과 사물을 혼동함으로써
가능해진 것이었다. 「**반항하는 인간**」, 389.

그렇다, 20세기의 대사건은 혁명운동이 자유의 가치를 포기한 것과 자유의 사회주의가
제왕적·군사적 사회주의에 밀려 점차적으로 후퇴한 것이었다. 그 순간부터 어떤 희망이 세계에서
사라져버렸고, 자유로운 사람들 저마다에게 고독이 시작되었다. 「**자유의 빵**」, 1953년 5월 10일, 「**시사평론 II**」, 플레이아드 전집 III, 446.

소비에트의 전체주의

우리 세대 사람들은 히틀러가 권력을 잡고 모스크바의 첫 재판이 조직되고 있을 때 스무 살이었다.
우리는 우선 십 년 동안 히틀러의 폭정, 그리고 그 폭정을 지지하는 우파 사람들과 맞서서 싸우지 않으면
안 되었다. 그리고 다시 십 년 동안 스탈린의 폭정과 그를 옹호하는 좌파의 궤변을 물리치려고 싸워야 했다.

「헝가리를 지지하는 프랑스 젊은이들에게 보내는 메시지」, 플레이아드 전집 III, 1135.

모스크바 재판 때의 피고석. 1933년 4월.

카뮈가 무정부주의적 노동운동가 친구이며 '국제 연대 모임'의 프랑스 지부 회원인
니콜라 라자레비치와 프라셰테 수용소(이탈리아)의 러시아 단식투쟁 파업 노동자들과
관련하여 주고받은 편지.

1917년, 노동자들이 일으킨 혁명은 승리를 거두었다.
그것은 진정으로 실질적인 자유의 여명이었으며
이 세계가 경험한 가장 위대한 희망이었다. 그러나
안팎으로 다 같이 포위되고 위협당한 이 혁명은
군비를 증강했고 경찰력을 갖추었다. 물려받은 방책과
독트린으로 인하여 불행하게도 자유가 의심스러운
것으로 변질되면서 혁명은 점차로 정체되어갔고, 그러는
동안에 경찰의 힘은 막강해졌으며, 세상의 가장 위대한
희망은 세상에서 가장 효율적인 독재의 모습으로
경화되었다. (…) 모스크바와 그 밖의 다른 곳에서
벌어진 재판들에서 죽임을 당한 것은, 그리고 혁명의
수용소들에서 헝가리의 경우처럼 한 철도원이 직무상
과실의 죄목으로 총살될 때 살해당한 것은 부르주아적
자유가 아니라 1917년의 자유다.

「자유의 빵」, 1953년 5월 10일, 「시사평론 II」, 플레이아드 전집 III, 447.

몇 달 전부터 하나의 신화가 우리의 눈앞에서 속수무책으로 붕괴되고 있다. 오늘 우리는 동구의 체제가 혁명적이고
프롤레타리아적이지만은 않다는 우리의 주장이 옳았다는 사실을 알게 되어 슬픈 마음을 금할 길 없다. 실로 슬픈 일이다.
수백만의 사람들이 진정으로 가난과 억압으로 고통받고 있음을 고발하면서 자신의 판단이 옳았다고 여긴들 무엇이 기쁘겠는가?
오늘날 진실은, 끔찍한 진실은 폭발하고 있고, 신화는 산산이 부서져 조각나고 있다. 그러나 우리는 그 신화가 여러 해 동안
유럽인의 의식과 지성을 왜곡시켰다는 사실을 잘 알고 있다. 「포즈난」, 1956년 6월 혹은 7월, 플레이아드 전집 III, 1131.

이런 흥미진진한 세기에 태어났다니 얼마나 행운인가! 이런 감사의 말이 내 입에서 튀어나온 것은 어제, 불가닌과 흐루쇼프가 양말 바람으로 간디의 무덤에 꽃을 바쳤다는 소식을 읽으면서였다. 사실 가장 가당치 않은 꿈속에서조차도 나는 죽기 전에 저 원수와 혁명 위원이 신발을 벗고 그 요가 수행자에게 경의를 표하는 모습을 보게 되리라고 기대해본 적이 없다. 그러나 이건 사실이다. 전 세계가 놀라움을 금치 못하는 가운데 이백 개 기갑사단과 온갖 강철 무기들이 이제 막 그들의 수령들을 보내어 비폭력을 설교한 위대한 인물에게 경의를 표한 것이다. 「양말과 물레」, 1955년 11월 22일, 〈렉스프레스〉, 플레이아드 전집 III, 1048.

상단 : 간디와 그의 물레, 1946년.

1955년 델리에서 니키타 흐루쇼프와
니콜라이 불가닌을 맞이하는
네루와 인디라 간디.

민중들 스스로 발언권을 잡았다. 그들은 베를린에서, 체코슬로바키아에서, 포즈난에서, 그리고 마침내 부다페스트에서 말하기 시작했다. 거기서 그들과 동시에 지식인들도 그들의 입에 물려진 재갈을 벗어버렸다. 그 양쪽이 한목소리로, 이제까지는 앞으로 나아가지 않았다고, 후퇴해왔다고, 그동안 무용하게 사람을 죽였고 무용하게 사람들을 추방했고 무용하게 사람들을 억압했다고, 그래서 이제부터는 올바른 길로 나아가고 있는지 분명히 알기 위해 만인에게 진실과 자유를 주어야 한다고 말했다. 이리하여 자유 부다페스트에서 들고일어난 사람들의 첫번째 외침이 솟아오르는 순간, 교묘하고 편협한 철학들, 여러 킬로미터에 달하는 가짜 논리와 번지르르한 눈속임 독트린들은 가루가 되어 흩어졌다. 그리고 그토록 오랫동안 능욕당해온 진실, 벌거벗은 진실이 전 세계인들의 눈앞에 그대로 모습을 드러냈다. 「카다르가 공포의 날을 맞았다」, 플레이아드 전집 IV, 562.

동독, 동베를린

바로 그 말을 해야 한다. 내가 볼 때 최후의 규탄인 그 말, 오늘도 여전히 노동의 자유를 부르짖었다는 이유로 사람들이 죽임을 당한다는, 그런데도 우리는 죽임을 당한 이들의 이름조차 결코 알 수 없을 것이라는 그 말을.

「그 어떤 당에도 속하지 않기에…」, 1953년 6월 17일, 플레이아드 전집 III, 927.

1953년 6월 16일 동베를린 노동자들이 같은 급료에 더 많은 노동을 요구하는 법령에 항의하고 나섰다. 소련은 즉각 유혈 진압으로 맞섰다.

오른쪽 페이지 : 동베를린 노동자 항쟁 탄압에 항의하기 위한 1953년 6월 30일 뮈튀알리테 회관에서의 집회 연설 「그 어떤 당에도 속하지 않기에…」의 교정 원고.

사건들은 서방 지역 지척에서 발생했다는 사실 하나 때문에 완전히 은폐되지 않을 수 있었다. 그렇지 않았더라면 우리는 그 소요 사태를 아예 알지 못했거나 아니면 체코슬로바키아에서 일어난 항거 소식을 알게 되었을 때처럼 경찰서와 감옥들의 두꺼운 벽을 통해서 아주 조금씩 알게 되었을 것이다. 그러나 그 사건들은 베를린 시민들의 눈앞에서, 그리고 네덜란드 언론의 카메라 앞에서 전개되었다. 그래서 우리는 양 진영에서 그 사태를 어떻게 이용하고자 하건 관계없이 우선 그것이 노동자들을 위한다고 자처하는 정부와 군대에 맞서서 일어난 노동자 항쟁이라는 사실을 더이상 모르고 넘어갈 수가 없게 된 것이다. 「그 어떤 당에도 속하지 않기에…」, 1953년 6월 17일, 플레이아드 전집 III, 927.

기필코, 그리고 어쩌면 언젠가 나는 그렇게 할 텐데, 노동자와 예술가 사이에는 근본적인 연대의식이 있으며, 그런데도 오늘날 그 양자는 절망적으로 갈라져 있다는 이 진실을 강조하지 않으면 안 될 것이다. 자본의 민주주의자들이 그렇듯 압제자들은 다스리기 위해서는 노동과 문화를 갈라놓아야 한다는 것을 알고 있다.

「문학과 노동」, 플레이아드 전집 III, 932.

meeting de la mutualité

N'appartenant à aucun parti, et fort peu tenté
pour le moment d'entrer dans aucun, il me semble que ce serait
donner son sens à notre réunion de ce soir si je parvenais à
rendre ~~dxxx~~ claires en quelques phrases les raisons qui m'ont
conduit à cette tribune. Pour bien situer ces raisons, il faut
dire avant toute chose que les évènements de Berlin ont suscité
dans certains milieux une assez ignoble joie qui ne peut être
la nôtre. Au moment où après deux ans d'agonie les Rosenberg
étaient conduits à la mort, la nouvelle que l'Armée rouge
~~kxxxx~~ tirait sur les ouvriers de Berlin, loin de faire oublier
le supplice des Rosenberg comme l'a tenté ~~la presse qu'on~~ *une partie de notre*
~~appelle communément bourgeoise~~, ajoutait seulement pour nous
au malheur obstiné d'un monde où, un à un, systématiquement,
tous les espoirs sont assassinés. Quand *Le Figaro* parle avec *et*
éloquence du peuple révolutionnaire, *de Berlin* il nous donnerait à rire
si le même jour l'Humanité fustigeant ce qu'elle appelle comme
au bon temps "les meneurs" ne nous mettait devant les yeux la
tragédie où nous ~~vxxxxx~~ vivons et la double mystification qui
prostitue jusqu'à notre langage.

Mais si je crois impossible que les émeutes de
Berlin fassent oublier les Rosenberg, il me semble ~~non~~ plus
affreux encore
~~scandaleux~~ que des hommes qui se disent de gauche puissent
courir derrière dissimuler dans l'ombre
essayer de ~~dissimuler derrière l'éclaire~~ des Rosenberg
les fusillés allemands. C'est pourtant ce que nous avons vu et
ce que nous voyons tous les jours, et c'est pourquoi justement

그리고 끝으로, 우리가 여기 모인 까닭을 모든 사람들에게 한마디로 요약하여 밝히자면, 지금 침묵을 강요당하고 있는 독일과 체코 노동자들 앞에서 이렇게 말해야겠다. 우리는 어느 날엔가 '저들이 그들을 살해했는데 당신들은 부끄럽게도 그들을 그냥 땅에 묻었다'라는 말이 큰 소리로 떠들어지는 것을 단연코 용인하지 않는다고 말이다. 「그 어떤 당에도 속하지 않기에⋯」, 1953년 6월 17일, 플레이아드 전집 III, 928.

소련의 지원을 받는 체코 공산당이 체코슬로바키아를 장악하는 신호탄이 된
1948년 2월 '프라하 쿠데타' 직후 카를루프 교 위로 행진하는 공산당 민병대 노동자들.

내가 몇몇 친구들과 함께 동구에서 사형선고를 받은 비공산주의자(가령 자비시 칼란드라와 같은 경우)의 사면을 요청했을 때, 동참해주기를 바랐던 공산주의자들에게서 아무런 협력도 얻지 못했을 뿐만 아니라 사형선고를 받은 인사는 총살당했다.

「대화와 어휘」, 1952년 12월-1953년 1월, 플레이아드 전집 III, 1103.

체코의 역사가, 기자 및 에세이스트인 자비시 칼란드라는
1950년 스탈린 체제에 반대했다는 죄목으로 사형선고를
받았다.

우리가 스스로 노동자들의 해방에 헌신한다고 자처할 때, 독일과 체코슬로바키아에서 자기들의 노동생산성 표준이 증가되는 것을 거부하고 거기서 한 걸음 더 나아가 그 논리에 따라 자유선거를 요구하면서, 그들에게 반대되는 것을 설득하려 드는 모든 적극적인 지식인들에게 정의와 자유는 서로 분리될 수 없는 것임을 증명해 보이는 노동자들의 봉기, 거기서 이끌어낼 수 있는 위대한 교훈, 그리고 그 봉기에 뒤따르는 탄압, 그렇다, 그 봉기야말로 몇 가지 성찰의 계기가 되는 것이 아닐까? (…) 이 세상 어딘가에서 한 노동자가 탱크 앞에서 맨주먹을 높이 쳐들고 자신은 노예가 아니라고 외칠 때, 우리가 그것을 무관심하게 바라보고만 있다면 대체 우리는 누구란 말인가? 「그 어떤 당에도 속하지 않기에…」, 1953년 6월 17일, 플레이아드 전집 III, 926.

화폐개혁 계획과 공산당의 정책 일반에 반대하여 1953년 6월 플젠(체코슬로바키아)에서 일어난 노동자들의 항거. 공산당은 즉각 이 반항적 운동을 진압했다.

〈에스프리〉지가 1953년 6월 독일과 체코슬로바키아 노동자 항거에 대해, 우리가 아직도 기억하고 있는 바로 그런 글을 싣고 있지만, 이번에는 프랑스 노동자들이 저 진보적 탱크들 앞에 가슴을 내밀고 대들어야 할 차례라면 과연 그 잡지의 편집자들이 그토록 편안한 입장을 견지할 거라고 대답할 수 있을까? 그들은 그렇게 대답하지 못한다. 그 어느 누구도 그렇게 하지 못한다. 그렇지만 그들은 여행도 하고 글도 쓴다. 다시 말해서 그들은 참여하는 것이다. 비록 그들이 자신들의 행동에서 초래되는 결과를 거부한다 할지라도 말이다. 「도메나크에게 답하다」, 플레이아드 전집 III, 953.

폴란드, 포즈난

'우리에게 빵을 달라'. 1956년 6월 포즈난의 노동자들이
그들의 대표가 바르샤바에 투옥되었다고 믿고
이 도시의 관청 건물들을 공격한다.
소요는 그날로 진압되었고 수십 명이 사망했다.

〈쿨투라〉지의 창간 멤버인 폴란드 지식인
유제프 찹스키가 알베르 카뮈에게 보낸 편지. 1956년 7월 2일.

다수의 국가들이 여러 가지 견해와 국내 체제상의 차이에도 불구하고 서로 사이좋게 지낼 수 있다는 것은
오래전부터 인정되어온 사실이다. 비근한 눈앞의 예가 바로 프랑스와 폴란드의 우호관계다. 이 우호관계로
인하여 프랑스는 1939년 9월 폴란드가 공격당하자 국내 정치체제상의 큰 차이에도 불구하고 그 나라를
방어하기 위하여 무기를 들기에 이르렀다. 폴란드는 지금까지도 피우수트스키가 제도화하고 1935년 4월 헌법에
의하여 법제화된 지극히 권위주의적인, 심지어 독재적이라고 할 수 있는 체제하에 있으니 말이다.

「국가 사회주의 독트린. 십자군인가?」, 1939년 10월 11일, 〈수아르 레퓌블리캥〉, 『〈콩바〉의 발췌 II』, 갈리마르, 636.

그렇다. 우리는 포즈난 노동자들의 가슴을 찢는 듯한 절규에 기껏해야 멀리서 화답하면서
그 메아리를 전 세계에 전할 뿐이다. 그러나 우리는 쉬지 않고 노력해서 그 절규가 더이상
소멸되지 않도록 해야 한다. 자유냐 야만이냐. 이것이 바로 우리가 이제 막 겪은 역사의 긴 세월 동안
배운 것이고 이것이 바로 이 새로운 비극 속에서 우리가 배우는 것이다. 사정이 이러하니 선택은
어렵지 않다. 우리는 옛것, 새것 가릴 것 없이 야만에 항거하며 자유를 선택할 것이다. 늘 억압당해온
폴란드 노동운동가들의 희생이 헛되지 않도록 우리는 최후까지 결정적으로 자유를 선택할 것이다.

「포즈난」, 1956년 6월 혹은 7월, 플레이아드 전집 III, 1131-1132.

Depuis quelques mois, des nouvelles catastrophiques de source officielle polonaise confirmaient la situation tragique des ouvriers polonais. Nul cependant n'imaginait le désespoir révélé par les événements de Poznan.

Quand les ouvriers ne peuvent plus supporter la condition qui leur est faite, ils recourent à la grève, et ce droit leur est reconnu dans tous les pays libres. C'est l'absence de ce droit dans l'Empire soviétique – l'URSS et ses satellites – qui a entraîné à Poznan l'intervention de la troupe et des tanks contre les manifestants, dont on essaye de faire maintenant des criminels passibles de la peine capitale.

Les soussignés déclarent leur solidarité absolue avec les victimes de la répression sanglante dont ils ont ressenti l'horreur. Ils demandent qu'aucune exécution n'ait lieu désormais hors d'un procès public se déroulant en présence de témoins qui jouissent de la confiance de l'Occident démocratique. Ils demandent en outre qu'une enquête internationale soit organisée afin que le monde occidental soit informé des besoins les plus urgents de la classe ouvrière polonaise pour lui venir en aide au plus vite. Ils invitent en particulier les organisations ouvrières démocratiques à organiser internationalement une vaste collecte permettant de témoigner aux travailleurs polonais, autrement qu'en paroles, leur solidarité fraternelle.

포즈난의 노동자들은 오랫동안 파렴치하게 득세해온 집단 기만에 이제 막 최후의 일격을 가했다. 만인이 주시하는 가운데 민중봉기의 불꽃은 변질된 혁명의 타락상과 불행을 여실히 드러내 보인다. 이제 더이상 이런 타락상의 언저리에 맹목적이거나 고지식한 사람들은 없다. 오직 공모자들이 있을 뿐이다.

「포즈난」, 1956년 6월 혹은 7월, 플레이아드 전집 III. 1131.

1956년 6월 28일. 포즈난에서 있었던 반공 시위. 무력화된 폴란드군 탱크 위에 폴란드 국기가 펄럭인다.

헝가리, 부다페스트

나는 헝가리 민중들의 침묵의 저항이 지탱되고 강화되기를, 그리고 우리가 그 저항에 부여할 수 있는 모든 목소리들이 반향이 되어 국제 여론으로부터 이구동성으로 압제자들에 대한 배척 의견을 얻어내기를 온 힘을 다해서 기원한다. 그리고 만약 그 여론이 너무나 무기력하거나 이기적이어서 고난에 처한 한 민족이 정당성을 되찾는 데 역부족이라면, 그리고 만약 우리의 목소리가 너무 약한 것이라면, 나는 동유럽의 모든 지역에서 반혁명적인 국가가 그 거짓과 모순들의 무게를 이기지 못하고 붕괴되는 그날까지 헝가리의 저항이 계속 지탱되기를 기원한다. 여기서 문제가 되고 있는 것은 반혁명적인 국가이니 말이다. 아버지가 아들을 고발하도록 강요하고 아들이 아버지에게 극형이 내려지기를 요구하게 만들고 아내가 남편에게 불리한 증언을 하게 만드는, 그리하여 밀고를 덕목의 수준으로 올려놓은 체제를 달리 어떻게 지칭할 수 있겠는가? 외국의 탱크들, 경찰, 교수형에 처해진 스무 살 먹은 처녀들, 목이 잘리거나 아니면 입이 봉해진 노동자 평의회, 그리고 또 교수대, 추방되거나 투옥된 작가들, 허위를 일삼는 언론, 수용소, 검열, 체포된 판사들, 법을 정하는 범죄자들, 그리고 또 언제나 교수대, 이런 것이 과연 자유와 정의의 위대한 축제인 사회주의라고 할 수 있겠는가? 「카다르가 공포의 날을 맞았다」, 플레이아드 전집 IV, 561.

1956년 10월 23일부터 11월 10일 사이에 헝가리는 헝가리 인민공화국에 반대하는 민중봉기의 무대가 되었다.

UN MESSAGE D'ALBERT CAMUS AUX ÉCRIVAINS HONGROIS EN EXIL

Un message d'Albert Camus, prix Nobel de littérature 1957, a été lu lundi soir à Londres au cours d'une réunion organisée par l'Association des écrivains hongrois en exil.

« *Je veux seulement exprimer*, y déclare-t-il, *la solidarité qui depuis un an lie au sort de la Hongrie tous les intellectuels libres de l'Occident.*

» *Si dure que soit l'idée de la solitude où nous avons laissé mourir les combattants hongrois, et où nous laissons vivre les survivants, le regroupement qui s'est fait en Europe à ce propos donne cependant une sorte de sens à ce combat désespéré.*

» *Les régimes totalitaires n'ont pas de meilleurs alliés que la lassitude et l'oubli. Nos mots d'ordre sont donc évidents : ce sont la mémoire et l'obstination. Cette obstination est seule à pouvoir susciter pour la Hongrie le jour de la réparation.*

» *Les Hongrois n'ont pas besoin que nous pleurions ou nous lamentions. Ils ont seulement besoin que partout leurs cris soient répercutés et que soit connue et respectée leur volonté d'en finir avec le mensonge qui les opprime.*

» *Nous ne serons jamais quittes avec les insurgés d'octobre aussi longtemps que la liberté ne sera pas rendue à la nation et au peuple hongrois.*

» *C'est ce serment de fidélité qui doit nous réunir ce soir.* »

1956년 민중봉기 일 년 뒤인 1957년 11월 4일 알베르 카뮈는 헝가리 망명작가동맹이 런던에서 마련한 모임에서 낭독될 수 있도록 역사학자 프랑수아 페이퇴를 통해서 메시지를 작성하여 보낸다(플레이아드 전집 IV. 589).

경제적 민주주의의 충분하지는 못하지만 필요불가결한 조건인 자유와 진실에 대한 지칠 줄 모르는 요구. 노동자와 지식인의 공동체(압제자들에게 도움을 줄 뿐인데도 우리 가운데서는 아직도 이 양자를 대립적으로 보는 시각이 있다), 그리고 끝으로 민주주의. 이것이 바로 부다페스트가 옹호하는 것이었다. 그리고 그렇게 함으로써, 봉기한 이 대도시는 서유럽이 잊고 있었던 그들의 진실과 위대함을 상기시켰다. 그 도시는 우리 지식인들 대다수를 나약하게 만드는, 나로서는 결코 느끼고 싶지 않은 저 이상한 열등감이 잘못되었음을 지적하는 것이었다. 「카다르가 공포의 날을 맞았다」, 플레이아드 전집 IV, 564.

알베르 카뮈에게 바친 프랑수아 페이퇴의 헌정사.

민중봉기 당시 부다페스트의 어느 거리.

nrf

Réponse à l'appel des écrivains hongrois

Pour une démarche commune des intellectuels européens

La presse, et Franc. Tireur, ont publié hier le bouleversant appel lancé avant hier par les écrivains hongrois aux intellectuels occidentaux. Puisque j'y suis nommément désigné, et bien que je n'aie jamais mieux senti qu'en ces jours funèbres notre tragique impuissance, je me sens obligé d'y répondre personnellement.

Nos frères de Hongrie, isolés dans une forteresse de mort, ignorent certainement l'immense élan d'indignation qui a fait l'unanimité des écrivains français. Mais ils ont raison de penser que les paroles ne suffisent pas et qu'il est dérisoire d'élever seulement de vaines lamentations autour de la Hongrie crucifiée. La vérité est que la société internationale [...] après des années de retard, [...] avec un semblant d'efficacité, laisse assassiner la Hongrie. Déjà il y a vingt ans nous avons laissé écraser la république espagnole par les troupes et les armes d'une dictature étrangère. Ce beaucoup a trouvé sa récompense: la deuxième guerre mondiale. [...]

[...] des Nations Unies, et la faillite [...] des [...] de gauche, nous avons [...] troisième qui [...] frappe déjà à nos portes [...] entre, et partout dans le monde la loi internationale ne s'impose pas par la protection des peuples et des individus.

C'est pourquoi plutôt que de laisser libre cours aux sentiments de révolte, d'[...]

Paris, 17, rue de l'Université — 5, rue Sébastien-Bottin (VIIᵉ)

〈프랑 티뢰르〉지에 실린 알베르 카뮈의 글
'유엔에 대한 유럽 지식인들의 공동교섭을 위하여'의 원고,
1956년 11월 10일-11일.

오늘도 헝가리의 감옥들에서는 사람들이 최악의 순간을 기다리고 있는바 우리는
사형집행인들의 손아귀에서 그들을 가능한 한 많이 구해내지 않으면 안 된다.
이 문제에 대하여 사람들이 너지와 그의 동지들의 교수형이 옳은 일이었다고 믿도록
어느 한순간도 방치해서는 안 된다. 그것은 잘 잊어버리는 사람들도 반드시
기억해야 할 가증스러운 범죄였다. 『너지 사건의 진실』에 붙인 서문, 플레이아드 전집 IV. 600.

헝가리 정부에서 축출된
정치 지도자 임레 너지는
1958년 6월 16일
부다페스트에서 처형되었다.

늘 자유와 자유의 권리와 의무에 대한 변함없는 마음을 간직하도록, 그리고 어떤 사람(그가 아무리
대단한 존재라 할지라도) 혹은 어떤 당(그 당이 아무리 강력한 힘을 가졌다 할지라도)이 당신을 대신하여
생각하고 당신의 행동을 강제하는 것을 결코 용납하지 않도록 우리가 이제 막 겪은 일을 잘 기억하십시오.
여러분의 스승들을, 당신들에게 그토록 거짓말을 했던 그들을 잊으십시오. 그들의 설득에 속아넘어가지
않았으니, 이제 여러분은, 그리고 다른 사람들 또한 그들이 거짓말을 했다는 것을 압니다.
모든 스승들을 잊으십시오. 시효가 지난 이데올로기들을, 빈사 상태의 개념들을, 남들이 여전히 여러분에게
주입시키고자 하는 낡은 구호들을 잊으십시오. 좌건 우건 그 어떤 공갈에도 겁먹지 마십시오.
그리고 끝으로 자유를 위하여 목숨을 바치고 있는 부다페스트의 젊은 투사들에게서만 교훈을 얻으십시오.
자유로운 나라, 자유로운 유럽에서의 자유로운 정신과 자유로운 노동만이 목숨 바쳐 투쟁할 가치가 있는
이 땅과 우리 역사의 유일한 재산이라고 절규하는 그들은 여러분에게 거짓말을 하지 않았습니다.

「헝가리를 지지하는 프랑스 청년들에게 보내는 메시지」, 플레이아드 전집 III. 1136-1137.

아메리카

의심의 여지가 없다. 배에서 내리자마자 내가 아메리카에서 본 것은 바로
그것이었다. 아메리카에는 행복에 대한 의지가 있다는 것 말이다. 그 의지는
순전히 부정적인 징후들을 통해서 나타난다. 다른 때는 긍정적이기도 한,
이 순전히 부정적인 징후들은 비관적 철학을 진정으로 진지한 것으로 간주하기를
거부하는 것, 불행을 고려하거나 강조하기를 거부하는 것이니 말이다.
예를 들어 아메리카에서는 사람이 죽으면 신속하게 매장한다. (…)
이 작은 예는 절대로 확대 해석해서는 안 되겠지만, 내가 보기에 불행을
거부하는 어떤 태도를 말해주는 것이며, 긍정적으로는 삶이 보다 쉽고
보다 빛나는 것이 되는 쪽으로 만사를 조직하려는 욕망의 표현이다.

「유럽 문명의 미래」, 플레이아드 전집 III, 1006.

앞의 두 페이지
뉴욕의 맨해튼, 1945년.

← 1946년 3월에서 6월까지 알베르 카뮈는 북아메리카에서
순회강연을 한다. 왼쪽은 세실 비턴이 〈보그〉지에 싣기
위해 뉴욕에서 찍은 일련의 사진 중 하나.

유럽이 아니라 북아프리카 출신인 나는 아메리카의 생활 리듬 속에서 마음 편해짐을 느꼈다.

「**유럽 문명의 미래**」, 플레이아드 전집 III, 1006-1007.

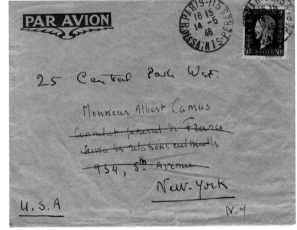

우리는 뉴욕 항을 거슬러올라간다.
안개에도 불구하고, 아니, 안개 때문에
기막히게 멋진 광경. 질서, 힘, 경제력이
저기 있다. 저렇게도 기막힌
비인간성 앞에서 심장이 떨린다.

「**여행일기**」, 28-29.

뉴욕 브루클린 다리, 1952년.

바워리의 이 밤들, 찬란한 웨딩드레스
상점들(밀랍 인형 신부들 중
어느 하나도 미소를 짓지 않는다)이
오백 미터가 넘도록 길게 늘어서 있는
이 거리의 지척에 잊힌 사람들이,
은행가들의 도시에서 속수무책으로
가난하기만 한 사람들이 살고 있다.

「뉴욕에 내리는 비」, 플레이아드 전집 II, 693.

바워리 거리, 1940년대.

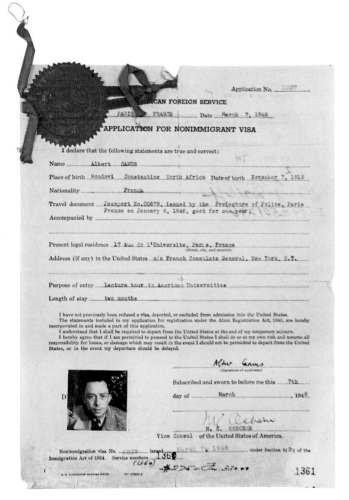

알베르 카뮈가 컬럼비아 대학교를 방문했음을 알리는
〈컬럼비아 스펙테이터〉지의 기사. 그는 이곳에서 1946년 3월 28일
'인간의 위기'라는 제목의 강연을 했다.

미국 당국이 알베르 카뮈에게 발행한 비자, 1946년 3월 7일.

한밤중에 때때로 수천수만
개의 높은 벽을 거쳐 마천루의
저 꼭대기 위로 어떤 예인선의
날카로운 비명소리가 내 불면의
밤을 찾아와 깨우면서 이 쇠붙이와
시멘트로 만들어진 사막이 하나의
섬이라는 사실을 상기시켜주곤
했다. 「여행일기」, 49.

크라이슬러 빌딩이 있는 맨해튼의 밤 풍경,
1943년.

하늘빛이 흐릿해지거나 해가 저물면 뉴욕은 다시 낮에는 감옥, 밤에는 불덩어리인 거대 도시의 모습을
되찾는다. 한밤중이 되면 뉴욕은 과연 경이로운 불덩어리로 변하여, 세 개의 강을 낀 맨해튼에 어둠이 내릴
때마다 마치 무슨 어마어마한 화재가 마무리되어가고 있는 듯, 사방의 모든 지평선 위에 아직도 여기저기
불이 타고 있는 지점들이 박힌, 검게 그슬린 거대한 뼈대들이 벌떡벌떡 일어서는데, 하늘의 중턱 높이에
무수히 우글거리는 빛의 둥지들을 떠안은 거대한 검은 벽면들 한가운데 수백만 개의 불 켜진 창문들이
빛난다. 「뉴욕에 내리는 비」, 플레이아드 전집 II, 691.

뉴욕에 내리는 비. 비는 높은 시멘트 입방체들 사이로 지칠 줄 모르고 흐른다. 앞창의 와이퍼가
끊임없이 새로 생기는 물을 빠르고 단조롭게 닦고 있는 택시 속에서 느끼는 기이한 거리감.
이 도시의 함정에 빠져 사로잡혀 있다는 느낌. 나를 둘러싸고 있는 건물들의 무리로부터 벗어나서
여러 시간 동안을 달린다 해도 만나는 것은 오직 새로운 시멘트 감옥들뿐, 언덕이나 진짜 나무
한 그루나 깜짝 놀란 얼굴 하나 발견할 희망은 없을 것이라는 느낌. 『여행일기』, 50-51.

알베르 카뮈는 『여행일기』에 적은 메모들
외에, 일 년 앞서 했던 여행의 기억을 더듬어
1947년 「뉴욕에 내리는 비」라는
제목의 글을 썼다.

미국이 우리에게 영향을 가할 수 있는 종류의 위험은 삶의 사실들이 속속 닥쳐오는 대로
직접적인 수준으로 우리를 밀어붙이는 경향, 바로 그것이다. 그런 경향은 별로 준비가
되지 않은 사람들을 상대로 (특히 영화의 영향이 뚜렷하다) 어떤 감성들을 그다지
바람직하지 않은 수준으로 귀착시킬 위험이 있는 것이다.

「유럽 문명의 미래」, 플레이아드 전집 III, 1007.

미국 문학 : 멜빌, 포크너

예를 들어 멜빌의『모비 딕』같은, 이 시대의 위대한 몇몇 작품은 누구나 다 이해할 수 있는 심오하고 섬세한 진실들이 담긴 신화의 모습을 갖춘 작품들이다. 이『모비 딕』이라는 제목의 책은 미국의 여러 학교 학생들에게 부상으로 주어지곤 한다. 그렇지만 이 책은 한 예술가가 악의 문제에 대하여 전개할 수 있는 가장 심오하고 가장 비장한 어떤 성찰을 보여준다. 「유럽 문명의 미래」, 플레이아드 전집 III. 1011.

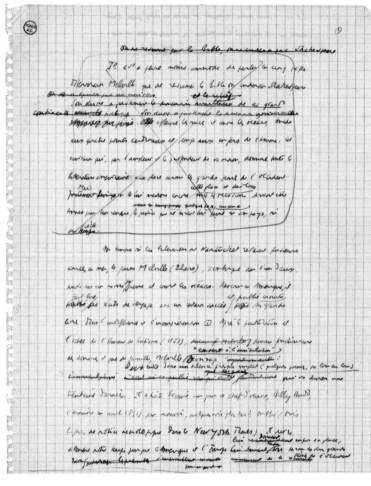

허먼 멜빌(1819-1891)에 대한 알베르 카뮈의 원고.
1952년 11월 『저명 작가들』(뤼시앵 마즈노 출판사) 제3권에 실렸다.

끊임없이 새롭게 다시 쓰이는 이 책, 몽상과 육신의 섬들 가운데서, "파도 하나하나가 곧 하나의 영혼"인 대양을 떠도는 이 지칠 줄 모르는 편력, 텅 빈 하늘 아래의 이 오디세우스의 여로는 멜빌을 끝내 태평양의 호메로스로 탈바꿈시킨다. (…) 가장 위대한 예술가들이 다 그렇듯 멜빌은 자신의 상징들을 꿈의 질료들이 아니라 구체성의 바탕 위에 구축해놓았다.

「허먼 멜빌」, 『스웨덴 연설·문학비평』, 215-217.

조지프 오리얼 이턴이 그린
허먼 멜빌의 초상. 1870년.

나는 윌리엄 포크너의 열렬한 팬이다. 나는 오래전부터 그의 작품을
알았고 애독해왔다. 내가 볼 때 그는 당신네 나라의 가장 위대한 작가다.
그는 당신네의 위대한 19세기 문학 전통에 속하는 유일한 작가,
서양의 매우 희귀한 창작자들 중의 한 사람이라고 생각된다. 내 말인즉,
그는 그에 앞서 멜빌, 도스토옙스키, 혹은 프루스트가 그랬듯이 무수한 사람들
가운데서도 유독 눈에 띄는, 그 무엇으로도 대체할 수 없는 그만의 세계를
창조했다는 뜻이다. 『성역』과 『파일런』은 걸작이다.

「〈하버드 애드버케이트〉에 보내는 편지」, 1951년 5월 30일, 플레이아드 전집 III. 841.

윌리엄 포크너(1897-1962).

1957년, 알베르 카뮈는
윌리엄 포크너의 소설
『어느 수녀를 위한 진혼곡』을
무대에 올리기 위하여
각색한다. 그는 자신이
연출을 담당한 이 극을
1956년 9월 마튀랭 극장에서
공연한다.

De gauche à droite : Michel Maurette, Marc Cassot, Michel
Auclair, Catherine Sellers, Tatiana Moukhine dans : « Requiem
pour une nonne » (vus par GARRY).

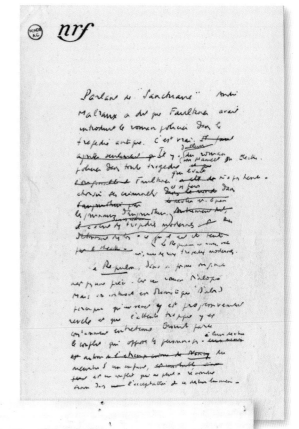

PARLANT de *Sanctuaire*, André Malraux a dit que Faulkner avait
introduit le roman policier dans la tragédie antique. C'est
vrai. Il y a d'ailleurs du roman policier dans toute tragédie
[trois *Hamlet* ou *Electre*] Faulkner, qui le sait, n'a pas hésité à
choisir ses criminels et ses héros dans les journaux d'aujourd'hui.
Le *Requiem* est ainsi selon moi une des rares tragédies modernes.

Le *Requiem*, dans sa forme originale, n'est pas une pièce. C'est
un roman dialogué. Mais son intensité est dramatique. D'abord
parce qu'un secret y est progressivement révélé et que l'attente
tragique y est constamment entretenue. Ensuite parce que le
conflit qui oppose les personnages à leur destin, autour du meurtre
d'un enfant, est un conflit qui ne peut se résoudre sinon dans
l'acceptation de ce destin lui-même.

Ce n'est pas seulement parce que je considère Faulkner comme
le plus grand écrivain américain d'aujourd'hui que j'ai eu envie
d'adapter son *Requiem*. C'est parce que le problème de la tragédie
moderne est, avec les problèmes techniques de la scène, le seul
qui m'intéresse au théâtre. Mon effort a été de faire avancer
le temps où la tragédie à l'œuvre dans notre histoire pourra s'ins-
taller aussi sur nos scènes. Ses personnages sont d'aujourd'hui et
ils sont affrontés pourtant au même destin qui écrasait Electre ou
Oreste. Seul un grand artiste pouvait tenter ainsi d'introduire dans
nos appartements le grand langage de la douleur et de l'humilia-
tion. Ce n'est pas un hasard non plus si l'étrange religion de
Faulkner est vécue dans cette pièce par une négresse meurtrière
et prostituée. Cet extrême contraste résume au contraire l'humaine
grandeur de son *Requiem* et de toute son œuvre.

Ajoutons pour finir que le grand problème de la tragédie
moderne est un problème de langage. Des personnages en veston
ne peuvent parler comme Œdipe ou Titus. Leur langage doit être
en même temps assez simple pour être le nôtre et assez grand pour
atteindre au tragique. Faulkner a trouvé, selon moi, ce langage.
Mon effort a été de le restituer en français et de ne pas trahir une
œuvre et un auteur que j'admire.

Albert CAMUS

『어느 수녀를 위한 진혼곡』의
소개문 원고와 수정본.
1957년(플레이아드 전집 IV, 844).

1946년 미국을 여행하던 차에 알베르 카뮈는 퀘백에서 며칠을 보낸다. 위는 프롱트나크 성과 세인트로렌스 강.

너무나도 놀라운 퀘백의 경치. 세인트로렌스 강의 거대한 협로 앞에 있는 다이아몬드 곶의 맨 끝에는 공기와 빛과 물이 무한한 조화를 이루며 혼연일체가 된다. 이 대륙에 온 이후 처음으로 아름다움과 진정한 위대함을 눈으로 실감한다는 느낌. 퀘백에 대해서, 자신도 어쩔 수 없는 어떤 힘에 떠밀려 이 고독 속으로 찾아와 투쟁했던 인간들의 과거에 대해서 나는 뭔가 할말이 있을 것 같다. 『여행일기』, 48.

미국 주재 프랑스 대사관 문정관 클로드 레비스트로스의 편지.
이 편지에서 그는 프랑스 대사관 관련 사명을 띠고 알베르 카뮈가
아메리카 대륙에 체류하고 있음을 보증하고 있다. →

Ambassade de France

May 8, 1946

SERVICES
DU CONSEILLER
CULTUREL

934 FIFTH AVENUE
NEW YORK 21, N.Y.
RHINELANDER 4-8900

2472

TO WHOM IT MAY CONCERN

    This is to certify that Mr. Albert CAMUS,
author and lecturer, on a mission of the French
Government, has been invited to deliver lectures
in Montreal and Toronto. He will remain in Canada
approximately three days, after which he will be
called back to this country to resume work con-
nected with our Services.

    Any courtesy you may extend to Mr. Albert
Camus in view of facilitating his trip to Canada
as well as insuring his return to the United States
will be greatly appreciated.

The Cultural Adviser
to the French Embassy.

AM:gb

나는 항상 모래밭 위의 바다를 사랑했다. 그리고 내 젊은 날의 인적 없던 모래밭에는 상점들이 자꾸자꾸 불어났다. 이제 내가 좋아하는 것은 오직 대양의 한가운데, 기슭이 있을 것 같지도 않아 보이는 그곳뿐이다. 그러나 어느 날 다시금, 브라질의 바닷가 모래밭에서 나는 파도 소리 가득한 저 낭랑한 빛을 찾아 인적미답의 모래를 밟는 것보다 더 큰 기쁨은 없다는 사실을 깨달았다. 「작가수첩 Ⅲ」, 73.

브라질의 해변.

브라질? 이거 말이지, 대단히 큰 나라야. 도시와 도시 사이는
천 혹은 이천 킬로미터나 되는데 이어주는 길이 없어.
거기에는(도시에 말이야) 마천루들과 판잣집들이 서로 백 미터밖에
안 되는 거리에 있어. 밀림이 별장들과 호화 저택들에
잇닿아 있는데 전체적으로 볼 때 이곳의 가난은 엄청난 것 같아.
몇몇 부르주아들이야 예외지만. 이들로 말하자면 그야말로 여러 개의
가스탱크와 야자나무를 가진 부자들이다, 이렇게 정의하면 되겠군.

자닌 갈리마르와 미셸 갈리마르에게 보낸 편지, 1949년 7월 24일.

브라질 이구아피에서 알베르 카뮈, 1949년.

리우데자네이루

리우데자네이루의 변두리 동네.

덜거덕거리는 전차를 타고 지나가면서 본, 끝없이 이어지는 변두리 동네들. 대부분이 텅 비어 있고 서글픈 모습. 그러나 가끔씩은 (대낮인데도) 초록색, 붉은색 불빛의 네온사인으로 휘황찬란한 어떤 중심부나 광장 주위로 촘촘하게 한데 모이기도 하는, 온갖 색깔의 옷을 입은 군중으로 가득찬 동네들. 이따금 그 군중들의 머리 위로 축구 경기 소식을 알리는 확성기 소리가 요란하게 울려퍼진다. 지구의 표면에 끊임없이 증식하여 결국 모든 것을 뒤덮다가 숨이 막혀 죽어버리게 될 저 군중들을 생각해본다. 이렇게 해서 나는 리우를 더 잘 이해한다. 적어도 코파카바나보다는 더 잘. 그리고 사방팔방으로 끊임없이 번져나가는 그곳의 기름 얼룩 같은 일면을 더 잘 이해할 수 있게 된다. 『여행일기』, 97.

코파카바나에서 축구를 하는 사람들.

1949년 여름 동안 알베르 카뮈는 남미 순회강연을 한다.
왼쪽은 알베르 카뮈가 가브리엘 미뇌르(리우 소재 프랑스 대사)에게
자신의 여행 계획을 알리기 위하여 보낸 편지, 1949년 6월 16일.

리우데자네이루의 거대한 판자촌 호시냐.

가장 놀란 만한 대조는, 전시하듯 늘어선 궁전 같은 호텔들과 초현대식 빌딩들
다른 한편에 화려한 거리에서 때로는 불과 백 미터 떨어진 빈민가,
산 언덕바지에 달라붙어 있는 일종의 바라크 촌. 수도도 전기도 없는 그곳에
흑인이건 백인이건 가난한 사람들이 살고 있다는 데서 나타난다. 여자들은 언덕 아래까지
물을 길으러 내려간다. 거기서 줄을 서서 차례를 기다려서는 물을 양철통에 담아서
알제리의 카빌족 여자들처럼 머리에 이고 온다. 여자들이 차례를 기다리고 있는 동안
그네들 앞으로 미국 자동차 산업이 생산해낸 짐승들이 소리 없이 번쩍번쩍 빛을
발하며 끊임없이 줄지어 지나간다. 「여행일기」, 75.

헤시피, 바이아

바이아 사우바도르 펠로리뉴 지구.

'헤시피에 온 카뮈', 지역 신문기사, 헤시피. 1949년.

나는 붉은색, 푸른색, 황토색의 작은 집들, 넓고 끝이 뾰족한 조각돌로 포장된 길들이 특징인 이 오래된 도시에 감탄을 금치 못한다. 상 페드루 성당이 있는 광장. 성당이 커피 공장 바로 옆에 있어서 커피 볶는 연기에 완전히 새카맣게 변했다. 성당은 문자 그대로 커피로 칠갑이 되어 있다. (…) 아무래도 헤시피는 내 마음에 쏙 든다. 야자나무 숲과 붉은 산들과 하얀 모래사장들이 있는 적도 지방의 피렌체다. 『여행일기』, 102-103.

브라질.

내가 묵고 있는 호텔의 창문에서도 내다보이는 만이 회색 하늘 아래 기이한 침묵으로 가득한 채 둥글고 맑게 펼쳐져 있다. 한편 그 만에 움직이지 않고 떠 있는 돛단배들은 갑자기 정지된 바다 속에 갇혀 있는 것만 같아 보인다. 내 취향에는 너무 거창한 리우의 만보다 이 만이 더 마음에 든다. 적어도 이 만에는 절도와 시정이 깃들어 있는 것이다. 『여행일기』, 106.

저녁식사 후, 온 나라가 부르고 있는 모든 삼바를 작곡하고 작사한 흑인 카이미가 와서 기타를 치며 노래를 부른다. 노래들 가운데서도 가장 슬프고 가장 감동적인 노래들이다. 바다와 사랑, 바이아에 대한 그리움. 거기 있던 모든 사람들이 점차로 다 같이 노래를 따라 부른다. 흑인, 국회의원, 교수, 공증인이 모두 지극히 자연스럽고 우아하게 삼바를 합창하는 모습. 완전히 매혹당한 저녁.

『여행일기』, 99.

알베르 카뮈는 어느 날 저녁 브라질 삼바의
아버지들 중 한 사람인 도리바우 카이미
(1914-2008)의 연주회에서 그의 노래를 듣는다.
그는 그때의 이야기를 작가수첩에 기록한다.

257

이구아피

이구아피의 봉 제주스 성당 앞에서 알베르 카뮈.
1949년.

이구아피의 히베이라 강.

그는 느낄 수도 없을 만큼 가늘게 내리는 비를 맞으면서 시원한 강을 향해 내려갔다. 그는 이곳에 도착한 이래 끊임없이 들려오고 있던 그 크고도 광막한 소리에 여전히 귀를 기울이고 있었다. 그것이 물살 소리인지 나무들에서 나는 소리인지는 잘 알 수 없었다. 강기슭에 이르자 그는 멀리 불분명하게 보이는 바다의 선, 수천 킬로미터에 걸쳐 펼쳐진 외로운 물과 아프리카, 그리고 그 너머 그가 떠나온 유럽을 물끄러미 바라보았다. 「자라나는 돌」, 「적지와 왕국」, 187.

배에서 내려 이구아피에
들어서는 알베르 카뮈.

알베르 카뮈는 브라질 작가
오스바우두 지 안드라지
(1890-1954)와 함께
이구아피에 체류한다.

그다음날은 이구아피의 축제였어요. 축제의 가장 큰 흥밋거리는 예수상을 모시고 지나가는
사람들의 행렬이지요. 오래전에 예수상이 물결에 실려 이곳으로 떠내려왔는데, 그때부터 그 상을
씻었던 곳에서 기적적인 돌 하나가 끊임없이 자라난다고 합니다. 내가 구경한 그 행렬은 정말이지
인종, 계층, 피부색, 의복의 가장 잡다한 혼합 바로 그 자체였어요. 머리 위에는 털 빠진 검은
독수리들과 이 행사를 위하여 동원된 비행기가 날고 있었지요. 도처에 폭죽이 터지고 브라스밴드가
요란하게 울렸어요. 복동, 일본인, 혼혈인, 안짱다리, 수염 난 사람, 파리 출신 북아프리카인 (…)
순례자들 중 몇몇은 과연 닷새 전에 길을 떠나 찾아왔다고 해요. **1949년 8월**, 편지.

브라질의 축제 행렬.

성령 축제에서의 알베르 카뮈와 오스바우드 지 안드라지.

탁월한 인물(발전시킬 소지가 있다)인
오스바우드 지 안드라지와 저녁식사.
그의 관점에 따르면 브라질에는 원시인들이
가득한데 그건 잘된 일이라는 것이다.

『여행일기』, 119.

신문을 읽는 알베르 카뮈와
오스바우드 지 안드라지.

ALBERT CAMUS CHEGA A SÃO PAULO

알베르 카뮈가 상파울루에 도착하여
머물고 있음을 알리는 신문 스크랩.

Albert Camus participando de uma feijoada em casa do autor de "Marco Zero". A seu lado a sra. Bardi.

OA 967

(Palavras proferidas por Oswald de Andrade por ocasião da primeira conferência de Albert Camus, em São Paulo)

"Não é preciso que vos apresentem Albert Camus. Basta dizer alguns nomes de livros: "L'étranger", "Le Malentendu", "Caligula", "La Peste", "Le mythe de Sisyphe".

"Bela moça, sois a primeira musa duma nova civilização. Debaixo da roupa ocidental, eram índios, negros, portugueses que vos escravaram no Ministério da Educação, se... Aqui estão italianos, rio-ilhaneses, hiperbóreos budistas. Não sois portanto um estrangeiro. Sois um mediterrâneo habitado por mitos primitivos. O animismo e o tabu e o totem encontram-se em vossa obra como em nosso coração.

"Sendo o mais vivo dos escritores, sois um amigo dos mortos. Sendo o mais claro dos filósofos, sois um técnico do absurdo. Não se trata, pois de Flaubert interessando-se pelos cartagineses, mas do africano que se apoderou como um mestre do espírito ocidental.

"Por muito tempo, a cidade de São Paulo vos esperou.

"Os jesuítas muitas vezes...

Camus, falando ao jornalista

MITOS

Saímos do Presídio. Camus alude a mitos: "Entre Garry Davis, o já famoso "cidadão do mundo" e a O. N. U., prefiro o idealismo ingênuo do primeiro, não obstante a utopia que encerra a afirmação de que a política deve ser de caráter exclusi-...

...ta leviandade uma pesquisa filosófica seria como é o existencialismo. Suas origens remontam a Santo Agostinho e a sua principal contribuição ao conhecimento está, sem dúvida, na riqueza impressionante do seu método. O existen-...

...mente internacional, combatendo atitudes nacionalistas e realistas. Pelo menos não assassinamos ninguém".

RENÉ CHAR

...daga o repórter da poesia francesa.

"René Char — diz Camus — é o maior acontecimento na poesia francesa depois de Rimbaud. É ele hoje o poeta na França que mais alto eleva o canto e maior riqueza humana comunica. E falando de poesia, estamos próximos do amor, a grande força que não se pode substituir nem pelo dinheiro, que é vil, nem pela infeliz coisa que chamam moral".

CONTRIBUIÇÃO DO EXISTENCIALISMO

Concluindo, afirma o autor de "L'étranger":

"É um grave engano tratar com cialismo é sobretudo, um método. As semelhanças que costumam notar entre os trabalhos de Sartre e os meus, correm, naturalmente, pela felicidade ou infelicidade de vivermos numa mesma época e em face de problemas e preocupação comuns".

SEGUIU PARA IGUAPE

Anteontem, o escritor Camus seguiu para Iguape, a fim de assistir às tradicionais festas do Divino, que anualmente se realizam naquela cidade do litoral paulista. Segunda-feira pronunciará uma conferência no Museu de Arte Moderna: "Um moralista francês: Chamfort".

상파울루의 아냥가바우 대로.

상파울루는 반은 뉴욕이고 반은 오랑입니다. 이곳에서는 일 분에 네 채씩 집을 지어댑니다.
상상만 해도 벌써 진이 빠지는 일이지요. 매일같이 건물들이 위로 솟아오르며 자라나는 진짜 공사장이랍니다.
저녁이면 쌓아올린 비계飛階들은 온통 알록달록한 광고지들로 뒤덮여버리고 새들은 자러 가기 전에
장엄한 종려나무들에서 항의하듯 요란하게 울어댑니다. 1949년 8월, 편지.

아르헨티나

알베르 카뮈는 1946년 뉴욕 여행중, 〈수르〉지를 창간한 빅토리아 오캄포를
만난다. 그리고 1949년 남미 여행중 부에노스아이레스에 있는 그녀의 집에
잠시 머문다.

남미 여행을 알리기 위하여 빅토리아 오캄포에게 보낸
알베르 카뮈의 편지, 1949년 6월 13일.

결국 빅토리아 오캄포의 집에 도착.
〈바람과 함께 사라지다〉에 나오는 것 같은
스타일의 상쾌한 대저택.
크고 고풍스러운 호사. 나는 이 세상이
끝나는 날까지 그 집에 누워서
자고 싶다. 과연 나는 잠이 들었다.

『여행일기』, 137.

부에노스아이레스에 있는 오캄포의 저택.

Pour saluer Victoria Ocampo

Il y a dix-huit jours que le grand écrivain argentin Victoria Ocampo est incarcéré dans une prison de femmes.

Cette nouvelle a frappé de stupeur ses nombreux amis français, car Victoria Ocampo s'est toujours tenue en dehors de la politique.

Qu'a-t-elle donc fait, cette admirable femme aujourd'hui sexagénaire ? Elle a servi doublement l'essor de la culture argentine, en introduisant dans son pays quelques-unes des œuvres les plus marquantes de la littérature mondiale contemporaine et en aidant au rayonnement des écrivains argentins qui ont le plus de prestige à l'étranger : un Ricardo Guiraldes, un Eduardo Mallea, un Luis Borges et un José Bianco.

Elle fut très liée avec Paul Valéry, qui entretint avec elle une importante correspondance et lui dédia une partie de son « Tel quel ». Ce que notre grand poète aimait en elle, c'est l'écrivain, capable de s'exprimer aussi aisément en français qu'en son espagnol natal. C'est en effet directement écrits par elle en notre langue que parurent, en France, « Francesca Beatrice », « 338.171 T. E. » (Lawrence d'Arabie), et « Le Vert Paradis », souvenirs d'enfance dont elle abandonna le profit aux œuvres de la France libre. Cependant que les trois volumes de ses « Testimonios » étaient écrits en espagnol.

Mais ses amitiés de par le monde sont aussi illustres que diverses. Tagore, qui vécut un an chez elle, près de Buenos-Aires, lui a dédié un de ses livres, et Stravinski, la musique de « Perséphone ». Elle a beaucoup aidé Keyserling à l'élaboration de ses « Méditations sud-américaines », et le philosophe allemand a brossé son portrait dans ses « Mémoires », malheureusement encore inédits en français. Et n'oublions pas Aldous Huxley.

Le rôle d'éditeur de Victoria Ocampo est lui aussi considérable. Elle révéla aux lecteurs argentins Malraux, Camus, Michaux, Caillois, Faulkner, Graham Greene, et le Lawrence des « Sept Piliers de la Sagesse », et le Huxley de « Contrepoint ».

Quant à sa célèbre revue « Sur » (« Sud »), il nous faudrait une colonne entière pour contenir la liste de tous ses illustres collaborateurs internationaux. Citons au moins, outre tous les noms que nous avons déjà donnés, ceux de ses amis Gabriela Mistral, prix Nobel, Alfonso Reyes, Sartre, Eluard, Bernanos, qui la connut beaucoup, Supervielle, Benda...

Oui, l'émotion est très grande dans les milieux intellectuels français. On le comprendra mieux encore quand nous aurons rappelé que c'est grâce à Victoria Ocampo et sous ses auspices que, pendant les dures années de l'occupation, Roger Caillois put diriger, à Buenos-Aires, la revue trimestrielle « Les Lettres françaises », où virent souvent enfin le jour des textes parvenus de France clandestinement.

...Nous voudrions qu'il ne s'agit que d'un malentendu et que nous parvînt rapidement la bonne nouvelle, la juste nouvelle, que Victoria Ocampo est libre.

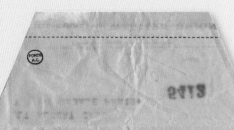

Signification des principales indications éventuelles pouvant figurer en tête de l'adresse

D... = Urgent.	XPx...... = Exprès payé.
AR. = Remettre contre reçu.	NUIT... = Remettre même pendant la nuit.
PC. = Accusé de réception.	
RP. = Réponse payée.	JOUR.... = Remettre seulement pendant le jour.
TC. = Télégramme collationné.	
MP. = Remettre en main propre.	OUVERT = Remettre ouvert.

Via WESTERN UNION

PSN30 FI NEWYORK 33 27 315P

«VICTORIA OCAMPO EST EMPRISONNEE A BUENOSAIRES JE VOUS PRIE INTERESSER SES AMIS DANS UNE CAMPAGNE POUR SA LIBERATION CORDIALEMENT=VICTORIA KENT 121 EAST 30 ST NY.»

CAMPAGNE COMMENCÉE — avec AMITIES CAMUS

칠레에서는 마음이 편하다.
상황이 달랐다면 나는 이곳에서 조금
살다가 갈 수도 있을 것 같다.

『여행일기』, 141.

El filósofo francés Albert Camus
dijo ayer: "Nuestra época no
encuentra su verdadera finali-
dad".

"프랑스 철학자 알베르 카뮈는 어제 말했다.
'우리 시대는 진정한 합목적성을 발견하지 못했다'고."
칠레의 신문기사. 1949년.

칠레 산티아고. 산타 루치아 언덕의 정경.

바다와 안데스산맥 사이에 끼어 있는 산티아고. 강렬한 빛깔들
(금잔화는 산화연 색깔), 꽃이 활짝 핀 자두나무들과 편도나무들이
눈 쌓인 산꼭대기의 흰색 배경 속에 뚜렷이 드러나 보인다—
기막히게 아름다운 나라. 『여행일기』, 139.

구름들의 산을 찢는 장엄하고
기복이 심한 안데스산맥—
그러나 눈 때문에 눈이 부신다.

『여행일기』, 141.

비행기에서 내려다본 안데스산맥.

우루과이, 몬테비데오.

싸늘하고 맑은 날씨에 몬테비데오 시를 구경하러 나선다. 도시의 끝은 라플라타 강의
누런 물에 잠겨 있다. 바람이 잘 통하고 규칙적으로 설계된 몬테비데오 시는 아름다운
목걸이처럼 이어진 모래사장들과 바다에 면한 대로들에 에워싸여 있다. 내가 이곳에 와서
본 어떤 도시보다 훨씬 더 살기가 쉬워 보이는 이 도시에서는 일종의 넉넉함이 느껴진다.
화려한 구역에 피어 있는 미모사들이며 종려나무들은 남프랑스의 망통을 연상케 한다.
스페인어를 쓰는 고장에 와 있다고 생각하니 그 또한 마음이 놓인다. 『여행일기』, 135-136.

1.

ENQUETE DE " TEMPO PRESENTE "

I°) Pensez-vous qu'on puisse encore associer la cause de la vérité avec celle d'un Parti, d'un Etat, d'une organisation quelle qu'elle soit et leur octroyer une confiance de principe, comme s'ils ne pouvaient pas, par principe, faillir à leur **mission** ? Croyez-vous qu'on puisse encore, en bonne foi, parler à priori d'un " camp de la paix " ? Ne croyez-vous pas plutôt qu'une telle attitude représente aujourd'hui la forme la plus grave " d'aliénation " de la conscience ?

Si la vérité est avec quelqu'un, en ce monde, ce n'est sûrement pas avec celui, homme ou parti, qui la/ prétend détenir. Quand il s'agit en particulier de la vérité historique, plus on prétend la détenir et plus on ment. Au bout du compte, on devient le boucher de la vérité. L'insurrection hongroise s'est faite [...] généralisé. Quant au camp de la p[...] question aux ex" partisans de la [...] sur l'appel de Stockholm pour la [...] atomique et qui doivent s'arrang[...] de Boulganine menaçant l'Anglete[...] ment Israël de fusées atomiques. [...] ne peut avoir le monopole de la [...] ~~[...] de l'Inde ou les na[...]~~ plutôt ~~aux Hongrois~~ qu'ils e[...] plusieurs, et deux au moins, pou[...] seulement des nations plus ou mo[...] pas difficile de décider par exe[...] l'Amérique ou de la Russie est [...]

1- Les même, nous le savons maintenant [...]

LES AMIS DE GANDHI
SECRÉTARIAT
3, RUE GUSTAVE-LE-BON
PARIS (XIVe)

le président

PARIS, LE 10 juillet 1958

A Albert Camus

Notre profonde reconnaissance pour son don magnifique à notre petit groupement de non-violents.

et ma fraternelle admiration pour votre exemple. Votre dernier livre, qui m'a été envoyé, m'a montré que nous étions très proches.

Daignez accepter la brochure ci-contre. Notre "jardin" se réunira cette année en Sicile les 26-27 juillet 1958. Nous aurons une importante délégation musulmane algérienne, qui luttera la PÂTINA pour une paix sereine sous le Sahara.

en amitié

LA CONTAGION

par Albert CAMUS

2.

Il n'est pas douteux que la France soit un pays beaucoup moins raciste que tous ceux qu'il m'a été donné de voir. C'est pour cela qu'il est impossible d'accepter sans révolte les signes qui apparaissent, çà et là, de cette maladie stupide et criminelle.

Un journal du matin titre sur plusieurs colonnes, en première page : « L'assassin Raseta ». C'est un signe. Car il est bien évident que l'affaire Raseta est aujourd'hui à l'instruction et qu'il est impossible de donner une telle publicité à une si grave accusation, avant que cette instruction soit achevée.

Je dis tout de suite que je n'ai, comme informations non suspectes sur l'affaire malgache, que des récits d'atrocités commises par les rebelles et des rapports sur certains aspects de la répression. En fait de conviction, je ne ressens donc qu'une égale répugnance envers les deux méthodes. Mais la question est de savoir si M. Raseta est un assassin ou non. Et il est sûr qu'un honnête homme n'en décidera qu'une fois l'instruction terminée. En tout état de cause, aucun journaliste n'aurait osé un pareil titre si l'assassin supposé s'appelait Dupont ou Durand. Mais M. Raseta est Malgache, et il doit être assassin de quelque façon. Un tel titre ne tire donc pas à conséquence.

Ce n'est pas le seul signe. On trouve normal que le malheureux étudiant qui a tué sa fiancée utilise, pour détourner les soupçons, la présence de « sidis », comme ils disent, dans la forêt de Sénart. Si des Arabes se promènent dans une forêt, le printemps n'a rien à y voir. Ce ne peut être que pour assassiner leurs contemporains.

De même, on est toujours sûr de tomber, au hasard des journées, sur un Français, souvent intelligent par ailleurs, et qui vous dit que les Juifs exagèrent vraiment. Naturellement, ce Français a un ami juif qui, lui, du moins... Quant aux millions de Juifs qui ont été torturés et brûlés, l'interlocuteur n'approuve pas ces façons, loin de là. Simplement, il trouve que les Juifs exagèrent et qu'ils ont tort de se soutenir les uns les autres, même si cette solidarité leur a été enseignée par le camp de concentration.

Oui, ce sont là des signes. Mais il y a pire. On a utilisé en Algérie, il y a un an, les méthodes de la répression collective. « Combat » a révélé l'existence de la chambre d'aveux « spontanés » de Flanarantsoa. Trois ans après avoir éprouvé les effets d'une politique de terreur, des Français enregistrent ces nouvelles avec l'indifférence des gens qui en ont trop vu. Pourtant, le fait est là, clair et hideux comme la vérité : nous faisons, dans ces cas-là, ce que nous avons reproché aux Allemands de faire. Je sais bien qu'on nous en a donné l'explication. C'est que les rebelles malgaches, eux aussi, ont torturé des Français. Mais la lâcheté et le crime de l'adversaire n'excusent pas qu'on en devienne lâche et criminel. Je n'ai pas entendu dire que nous ayons construit des fours crématoires pour nous venger des nazis. Jusqu'à preuve du contraire nous leur avons opposé des tribunaux. La preuve du droit, c'est la justice claire et ferme. Et c'est la justice qui devrait représenter la France.

En vérité, l'explication est ailleurs. Si les hitlériens ont appliqué à l'Europe les lois abjectes qui étaient les leurs, c'est qu'ils considéraient que leur race était supérieure et que la loi ne pouvait être la même pour les Allemands et pour les peuples esclaves. Si nous, Français, nous révoltions contre cette terreur, c'est que nous estimions que tous les Européens étaient égaux en droit et en dignité. Mais si, aujourd'hui, des Français apprennent sans révolte les méthodes que d'autres Français emploient parfois envers des Algériens ou des Malgaches, c'est qu'ils vivent, de manière inconsciente, sur la certitude que nous sommes supérieurs en quelque manière à ces peuples et que le choix des moyens propres à illustrer cette supériorité importe peu.

Encore une fois, il ne s'agit pas de régler ici le problème colonial, ni de rien excuser. Il s'agit de détecter les signes d'un racisme qui déshonore tant de pays déjà et dont il faudrait au moins préserver le nôtre. Là était et devrait être notre vraie supériorité, et quelques-uns d'entre nous tremblent que nous la perdions. S'il est vrai que le problème colonial est le plus complexe de ceux qui se posent à nous, s'il est vrai qu'il commande l'histoire des cinquante années à venir, il est non moins vrai que nous ne pourrons jamais le résoudre si nous y introduisons les plus funestes préjugés.

Et il ne s'agit pas ici de plaider pour un sentimentalisme ridicule qui mêlerait toutes les races dans la même confusion attendrie. Les hommes ne se ressemblent pas, il est vrai, et je sais bien quelle profondeur de traditions me sépare d'un Africain ou d'un Musulman. Mais je sais bien aussi ce qui m'unit à eux et qu'il est quelque chose en chacun d'eux que je ne puis mépriser sans me ravaler moi-même. C'est pourquoi il est nécessaire de dire clairement que ces signes, spectaculaires ou non, révèlent ce qu'il y a de plus abject et de plus insensé dans le cœur des hommes. Et c'est seulement lorsque nous en aurons triomphé que nous garderons le droit difficile de dénoncer, partout où il se trouve, l'esprit de tyrannie ou de violence.

du 3.

TUONG

4/XII

Monsieur le Directeur
Le Monde
5 rue des Italiens
Paris

Paris, le 12 novembre 1...

Monsieur le Directeur,

A lire la lettre que M/ l'Amb...
d'Iran a bien voulu vous faire parvenir, je crains que l...
gouvernement de ce pays ne se trompe sur l'état réel d...
française en face des récentes exécutions iraniennes...
représentant parmi nous semble croire en effet que se...
milieux communistes et apparentés se sont indignés. C...
pourquoi il se donne la peine de rétablir les faits e...
de démontrer la légalité des procès et des condamnat...

... vrai dire, il n'y aurait...
raison pour beaucoup d'entre nous de se joindre à de...
tataires qui n'ont jamais élevé la voix pour les ex...
commises à intervalles réguliers derrière le rideau...
(cette semaine encore deux condamnations à mort)...
la neutralité reste, si j'ose dire, hémiplégique. ...
la faiblesse de cette position qu'à force de faire...
sur une certaine catégorie de fusillés elle s'enl...
pouvoir d'intervenir efficacement en faveur des v...
autre catégorie.

Mais justement, le gouv...
aura it tort de se reposer sur l'idée confortable...
communistes et leurs alliés protestent contre ce...
D'autres français le font aussi. Je ne discuter...
M. l'Ambassadeur d'Iran la légalité de ces cond...
lui accorderai même, s'il y tient, qu'elles son...
du monde. Car ce qui fait sursauter devant ces...
n'est pas leur illégalité, que de si loin il e...
d'apprécier, mais leur masse. Ce n'est pas, en...
qualité, mais leur quantité. On parle de cent...
nations, on vient d'en exécuter vingt-trois,...
d'autres. Quand même le gouvernement iranien...
écrit pour lui, nous ne pouvons lui reconnaî...
crer à une telle échelle. Quelles que soient...
diques ou nationales qu'on évoque, on ne nou...
penser qu'une telle boucherie, car c'en est...

---

politique

LE SOUTIEN

ÉDITÉ PAR LES "COMITÉS DE DÉFENSE SOCIALE ET D'ENTRAIDE"

MENSUEL

SOLIDARITÉ

ABONNEMENT : 10 NUMÉROS : 180 FRANCS

LE NUMÉRO : 20 FR

NUMÉRO 12

LIBERTÉ

AVRIL 1955

IL FAUT SAUVER RASETA ET LES EMPRISONNES MALGACHES!

Les anciens députés de Madagascar, RASETA, RAVOAHANGY et RABEMANANJARA, ainsi que quelques 1.500 détenus politiques malgaches voient commencer leur neuvième année de détention. Il n'est pas d'exemple dans l'histoire de notre pays, d'une incarcération politique qui se prolonge aussi longtemps. Le répression franco-malgaise fut horrible, mais cependant huit années plus tard, les Communards amnistiés revenaient de déportation et reprenaient leur activité politique.

Le sort des détenus malgaches, huit années après leur arrestation, ne fait au contraire que s'aggraver. Le docteur RASETA, qui se trouvait en France lorsqu'éclatèrent à Madagascar les incidents dont l'initiative lui fut arbitrairement attribuée, et qui s'était laissé spontanément arrêter, en déclarant qu'il faisait confiance à la justice française pour établir son innocence, voit son état de santé empirer de semaine en semaine : il est âgé de soixante-sept ans, atteint de graves troubles cardiaques, accompagnés d'oedèmes, et sa tension artérielle est passée, depuis octobre dernier, de 20 à 27. Pas plus que ses cinq co-détenus de la prison de CALVI, RASETA n'a revu les siens depuis 7 ans, car les voyages de Madagascar en France sont trop onéreux pour permettre les visites familiales.

Si cet homme, qui a conservé la confiance et l'affection de tous ses compatriotes et qui avait déclaré en 1946 à la première Constituante, qu'il entrait dans l'Union Française "LES YEUX FERMES", venait à décéder en prison, le peuple malgache ne le pardonnerait jamais à la France.

La situation des quelques 1.500 détenus politiques en...
Grande Ile est non moins atroce. Ils sont presque tous enfer...
les plus insalubres de Madagascar, tels que Nosy...
est plus que précaire. Le 12 févri...
TSOA est décédé à la...

LE MONDE-29-30 Mai 1955

Propositions parlementaires

— MM. Gau (M.R.P.), Montalat (soc.), Secrétain (U.D.S.R.) et Baylet (rad. soc.) ont déposé une proposition de résolution invitant le gouvernement à donner des instructions précises aux représentants de la France à l'Organisation des Nations unies afin que soit inscrite à l'ordre du jour de la prochaine Assemblée générale la question de la création d'une commission internationale d'enquête sur les crimes contre l'humanité».

FOND. A.C.

N° 10811

Fonds dossier
Aronean C.I.GH.

...SEMBLÉE NATIONALE

DEUXIÈME LÉGISLATURE

SESSION DE 1955

Annexe au procès-verbal de la séance du 24 mai 1955.

PROPOSITION DE RÉSOLUTION

tendant à inviter le Gouvernement à obtenir que la création d'une commission internationale d'enquête sur les crimes contre l'humanité soit inscrite à l'ordre du jour de la prochaine session de l'Organisation des Nations Unies,

(Renvoyée à la Commission des affaires étrangères)

PRÉSENTÉE

PAR MM. GAU, MONTALAT, SECRÉTAN et BAYLET,

Députés.

EXPOSÉ DES MOTIFS

MESDAMES, MESSIEURS,

En dépit de l'immense espoir qu'avait suscité la victoire des Nations Unies sur le nazisme, le monde civilisé assiste impuissant à une recrudescence des crimes contre l'humanité.

Une voix, la plus autorisée entre toutes, vient de s'élever pour indiquer le chemin à suivre. C'est celle de M. Eugène Aronéanu, le théoricien même de la notion de « crime contre l'humanité » dont il avait donné la première définition et posé les bases juridiques au au procès des grands criminels de guerre, à travers deux documents déposés par la délégation française : F. 321 et F. 775, et dont il poursuivit le développement dans d'autres travaux et publications.

...TION

...ation

...uvegarde

...HUMAINE

EMBASSY OF INDIA

15, RUE ALFRED DEHODENCQ

PARIS (XVIe)

November 8, 1958.

...onsieur,

En l'honneur du Dr. Radhakrishnan
...ce Président de l'Inde, venu à Paris présider
... Délégation Indienne auprès de l'UNESCO,
... réunis quelques personnalités, à une reception
...e je donne le Vendredi 14 November de 18h.30
...20h.30.

세계의 비전

많은 미국인들은 스스로 좋다고 생각하는 그들 자신의 사회 속에 계속
파묻혀 살아가기를 원한다. 많은 러시아인들은 아마도 자본주의 세계에서
멀리 떨어진 국가사회주의의 경험을 계속 추구해나가기를 원할 것이다.
그들은 이제 더이상 그렇게 할 수 없고, 앞으로도 그럴 수 없을 것이다.
마찬가지로 어떤 경제적 문제도—그것이 아무리 부차적인 것처럼 보인다
할지라도—오늘날 여러 나라들 간의 연대성 밖에서 해결될 수 없다. 유럽의
빵은 부에노스아이레스에 있고, 시베리아의 공작 기계들은 디트로이트에서
제작된다. 오늘날엔 비극마저도 집단적이다.

그러므로 우리 모두가 한 치의 의심도 없이 굳게 믿거니와, 우리가 모색하는
새로운 질서는 단순히 국가적이거나 심지어 대륙적인 것일 수도 없고, 특히
서양적인 것이거나 동양적인 것일 수는 없다. 그 새로운 질서는 범세계적인
것이어야 한다. 「국제적 민주주의와 국제적 독재」, 「시사평론」, 168.

앞의 두 페이지
국제정치에 대한 알베르 카뮈의 글들과
개인 소장 문헌.

← 뉴욕의 유엔 빌딩 앞에 펄럭이는
여러 나라의 국기들.

공연히 참견했다가 웃음거리가 되는 일 없이
평화의 비둘기를 잡는 방법이 분명 있기는 하다.
바로 바싹 다가가서 즉사시키는 것이다.
전적으로 효과적인 이 방법은 말할 것도 없이
개리 데이비스로서는 원하지 않는 바이다.
그는 살생 병기의 기막힌 정확성을 선택하기를
거부했고 지금 당장은 그저 우리 국제사회의 거짓과
부조리를 백일하에 드러내는 것으로 만족했다. (…)
그는 누구나 다 생각하고 있는 사실을,
즉 세계 평화의 책무를 맡고 있는 유일한 기구가
각국의 경직된 주권들에 밀려 아무런 힘도 쓰지
못하고 있다는 사실을 입 밖에 낸 것이다.

「의심 많은 자에 대한 대답」, 1948년 12월 25-26일, 「〈콩바〉에서」, 폴리오 에세, 731-732.

「유엔은 무엇에 쓰는가?」, 1948년 개리 데이비스
(1921-2013)를 지지하기 위한 플레옐 회관
집회에서 알베르 카위가 발표한 연설문.

이미 유명해진 '세계시민' 개리 데이비스와 유엔, 이 양자 중에서 나는 전자의
순박한 이상주의를 택하고 싶다. 지금 대립하고 있는 것은 민족주의적인
입장과 지역주의적 입장인데도 정치는 오로지 국제적 성격의 것이 되어야 한다는
환상을 견지하고 있음에도 불구하고 말이다. 적어도 그는 그 누구든 사람을 죽이지는 않는다.

상파울루 〈다리오〉지와의 인터뷰, 플레이아드 전집 III, 867.

저는 선량한 개리 데이비스를
(너무 조금 그리고 서툰 방식으로)
지지했다는 이유로 사방에서 모욕을
당하고 있습니다. 그건 개인적인 호의로
한 일이었어요(그리고 저는 『돈키호테』를
다시 읽고 있는 중이었는데, 데이비스의
화법은 제 주인 같은 광기를 품고
행동하는 깡마른 산초의 화법이었습니다).
공산주의자들은 저를 미국(아니, 달러의)
제국주의에 봉사한다고 비난했고,
드골파는 러시아 제국주의에 봉사한다고
비난했습니다. 양쪽 다 뮌헨에 대하여
말했지만 그건 같은 뮌헨이 아니었어요.
그러니 헷갈릴 수밖에요.

장 그르니에에게 보낸 편지, 1949년 1월 15일, 『서한집』, 갈리마르, 151.

여기 뉴욕의 유엔 본부 건물 앞에서 개리 데이비스는
1948년 5월 23일 국적을 포기하고 유엔으로의
망명을 요청했다. 스스로 '세계시민'임을 선언한
그는 개별 국가의 주권을 초월할 것을, 그리하여
세계정부의 창설을 요구했다.

그리고 우리 국제사회의 무정부 상태는 바로 단독 국가만의 국가 경제가 더이상 존재하지 않는 시대에 각 나라가 오직 자기 나라의 뜻에만 따르는 데 기인하는 것입니다. 오늘날 무정부 상태가 바로 주권主權입니다. 「시사평론」, 196.

유엔 안전보장이사회 회의실, 2012년.

보다시피 거부권의 문제는 그것이 단호한 힘을 발휘할 경우, 장래의 국제연맹 (SDN)을 어떤 연방적 도구로 만들어 국제 민주주의의 규칙들을 엄격하게 적용하거나, 아니면 강대국들이 추구하는 제국주의적 목표들을 비준하게 될 상위의 권능을 갖춘 어떤 기구로 만드는 것에 있다고 하겠다. 잘 알려진 우리의 유토피아적 경향에도 불구하고, 우리는 인간의 덕성에 대하여 소극적인 믿음밖에 갖고 있지 않기에 국제 민주주의냐 아니면 제국주의의 승인이냐의 양자택일의 문제라고 결론짓고 싶다. 1945년 2월 16일, 「〈콩바〉에서」, 폴리오 에세, 467.

십 년 후, 오십 년 후에는 서구문명의 우위가 도마 위에 오를 것이다. 그러므로 지금
당장 그 문제를 생각하고 그 문명들에게 세계 의회의 문을 개방하여 그 의회의 법과 그 법이
확립하는 질서가 진정 범세계적인 것이 되게 하는 편이 더 낫다.

「세계는 빨리 돌아간다」, 1946년 11월 27일, 『시사평론』, 173.

LE MONDE VA VITE

Ni victimes ni bourreaux
par Albert CAMUS

Il est évident pour tous que la pensée politique se trouve de plus en plus dépassée par les événements. Les Français, par exemple, ont commencé la guerre de 1914 avec les moyens de 1870 et la guerre de 1939 avec les moyens de 1918. Mais aussi bien la pensée anachronique n'est pas une spécialité française. Il suffira de souligner ici que, pratiquement, les grandes politiques d'aujourd'hui prétendent régler l'avenir du monde au moyen de principes formés au XVIIIᵉ siècle en ce qui concerne le libéralisme capitaliste, et au XIXᵉ en ce qui regarde le socialisme dit scientifique. Dans le premier cas, une pensée née dans les premières années de l'industrialisme moderne et dans le deuxième cas une doctrine contemporaine de l'évolutionisme darwinien et de l'optimisme renanien se proposent de mettre en équation l'époque de la bombe atomique, des mutations brusques et du nihilisme. Rien ne saurait mieux illustrer le décalage de plus en plus désastreux qui s'effectue entre la pensée politique et la réalité historique.

Bien entendu, l'esprit a toujours du retard sur le monde. L'histoire court pendant que l'esprit médite. Mais ce retard inévitable grandit aujourd'hui à proportion de l'accélération historique. Le monde a beaucoup plus changé dans les cinquante dernières années qu'il ne l'avait fait auparavant en deux cents ans. Et l'on voit le monde s'acharner aujourd'hui à régler des problèmes de frontières quand tous les peuples savent que les frontières sont aujourd'hui abstraites. C'est encore le principe des nationalités qui a fait semblant de régner à la Conférence des Vingt et un.

Nous devons tenir compte de cela dans notre analyse de la réalité historique. Nous centrons aujourd'hui nos réflexions autour du problème allemand, qui est un problème secondaire par rapport au choc d'empires qui nous menace. Mais si, demain, nous concevions des solutions internationales en fonction du problème russo-américain, nous risquerions de nous voir à nouveau dépassés. Le choc d'empires est déjà en passe de devenir secondaire par rapport au choc des civilisations. De toute part, en effet, les civilisations colonisées font entendre leurs voix. Dans dix ans, dans cinquante ans, c'est la prééminence de la civilisation occidentale qui sera remise en question. Autant donc y penser tout de suite et ouvrir le Parlement mondial à ces civilisations, afin que sa loi devienne vraiment universelle, et universel l'ordre qu'elle consacre.

Les problèmes que pose aujourd'hui le droit de veto sont faussés parce que les majorités ou les minorités qui s'opposent à l'O.N.U. sont fausses. L'U.R.S.S. aura toujours le droit de réfuter la loi de la majorité tant que celle-ci sera une majorité de ministres, et non une majorité de peuples représentés par leurs délégués, et tant que tous les peuples, précisément, n'y seront pas représentés. Le jour où cette majorité aura un sens, il faudra que chacun lui obéisse ou rejette sa loi, c'est-à-dire déclare ouvertement sa volonté de domination.

De même, si nous gardons constamment à l'esprit cette accélération du monde, nous risquons de trouver la bonne manière de poser le problème économique d'aujourd'hui. On n'envisageait plus, en 1930, le problème du socialisme comme on le faisait en 1848. A l'abolition de la propriété avait succédé la technique de la mise en commun des moyens de production. Et cette technique, en effet, outre qu'elle réglait en même temps le sort de la propriété, tenait compte de l'échelle agrandie où se posait le problème économique. Mais, depuis 1930, cette échelle s'est encore accrue. Et, de même que la solution politique sera internationale ou ne sera pas, de même la solution économique doit viser d'abord les moyens de production internationaux : pétrole, charbon et uranium. Si collectivisation il doit y avoir, elle doit porter sur les ressources indispensables à tous, et qui, en effet, ne doivent être à personne. Le reste, tout le reste, relève du discours électoral.

Ces perspectives sont utopiques aux yeux de certains, mais pour tous ceux qui refusent d'accepter la chance d'une guerre, c'est cet ensemble de principes qu'il convient d'affirmer et de défendre sans aucune réserve. Quant à savoir les chemins qui peuvent nous rapprocher d'une semblable conception, ils ne peuvent pas s'imaginer, sans la réunion des anciens socialistes et des hommes aujourd'hui solitaires à travers le monde.

Il est possible, en tout cas, de répondre une nouvelle fois, et pour finir, à l'accusation d'utopie. Car, pour nous, la chose est simple, ce sera l'utopie ou la guerre, telle que nous la préparent des méthodes de pensée périmées. Le monde a le choix aujourd'hui entre la pensée politique anachronique et la pensée utopique. La pensée anachronique est en train de nous tuer. Si méfiant que nous soyons (et que je sois), l'esprit de réalité nous force donc à revenir à cette utopie relative. Quand elle sera rentrée dans l'histoire, comme beaucoup d'autres utopies du même genre, les hommes n'imagineront plus d'autre réalité. Tant il est vrai que l'histoire n'est que l'effort désespéré des hommes pour donner corps aux plus clairvoyants de leurs rêves.

「세계는 빨리 돌아간다」, 알베르 카뮈가 '피해자도 가해자도 아닌'이라는 제목으로
〈콩바〉지에 발표한 일련의 논평들 중 1947년 11월에 발표한 글이다.

그렇다. 오늘 싸워서 물리쳐야 할 것은 두려움과 침묵, 그리고 그와 함께, 그것에 기인하는
정신과 영혼의 분리다. 지켜내야 할 것은 대화, 그리고 인간들 상호 간의 보편적 의사소통이다.
예속, 불의, 거짓은 의사소통을 저해하고 대화를 가로막는 재앙이다. 그렇기 때문에
우리는 그것들을 거부해야 하는 것이다. 「대화를 향하여」, 1946년 11월 30일, 『시사평론』, 183.

GROUPES DE LIAISON INTERNATIONALES

Provisoir- : 78, rue de l'Université
    P A R I S (7°)

        Téléph: Littré 50-40

Nous sommes un groupe d'hommes qui, en liaison avec des amis
d'Amérique, d'Italie, d'Afrique et d'autres pays, avons décidé de réu-
nir nos efforts et nos réflexions pour préserver quelques-unes de nos
raisons de vivre.

Ces raisons sont menacées aujourd'hui par beaucoup de monstrueuses
idoles, mais surtout par les techniques totalitaires. Les préjugés d'une
raison aveugle, servis par des techniques devenues démentes, ont mené
tout droit à de cruelles idéologies de domination, religions qui pré-
tendent asservir la totalité de l'esprit humain, tiennent la neutrali-
té même pour un crime et, par les moyens techniques et psychologiques
de la répression, mettent l'individu à la merci de l'Etat.

Ces raisons sont menacées surtout par l'idéologie stalinienne,
la plus spectaculaire, parce qu'elle ne recule pas à sacrifier les
masses européennes et asiatiques, pour compenser les reculs de la ma-
chine ou les erreurs de dirigeants implacables. Elle est aussi la plus
violente, par sa nature même d'abord, et ensuite parce qu'elle est pres-
sée de s'opposer efficacement à la technique plus avancée des Etats-Unis

Ces raisons sont menacées aussi, à un moindre degré il est vrai,
par la technolâtrie américaine. Celle-ci n'est pas totalitaire, puis-
qu'elle admet la neutralité de l'individu. Mais, à sa manière, elle est
totale parce qu'elle a su, à travers les films, la presse et la radio,
se rendre indispensable psychologiquement et se faire aimer.

Contre ces menaces qui ont la dimension du monde lui-même et de
l'homme tout entier, qui par leur démesure même jettent des individus
dans le découragement, qui se répercutent à travers des propagandes
meurtrières ou avilissantes, à l'aide des mystifications les plus scan-
daleuses, et qui s'amplifient au gré des souffrances et des destructions
qui couvrent aujourd'hui un monde épuisé, il nous a semblé que nous ne
pouvions pas faire plus que de constituer, par dessus les frontières,
des îlots de résistance où nous tenterons de maintenir, à la disposition
de ceux qui viendront, les valeurs qui rendent un sens à la vie. Ce sont
"les grains sous la neige" dont parle Silone.

Il s'agit donc de grouper à travers le monde, quelques hommes
conscients, travailleurs intellectuels et ouvriers, jusqu'ici solitaires
désormais réunis dans une action de résistance limitée, mais irréducti-
ble. Cette action ne peut s'accompagner d'excessives illusions, mais
elle sera soutenue par notre certitude d'exprimer en même temps la ré-
sistance beaucoup plus vaste où se retrouvent en silence les foules
d'Europe, de Russie et d'Asie, avec les opposants américains.

C'est dans cet esprit que nous voulons agir sur deux plans bien dé-
dinis :
                                                    ../..

'국제 연대 모임' 프랑스 지부의 성명서, 1948년.

Albert CAMUS	Ecrivain
Georges COURTINAT	Ouvrier tailleur de pierre
Charles CORDIER	Maître d'Internat
Michèle HALPHEN	
Robert JAUSSAUD	Administrateur civil
Roger LAPEYRE	Inspecteur de la main d'oeuvre des transports
Nicolas LAZAREWITCH	Correcteur
Daniel MARTINET	Chirurgien
Marthe MERCIER	Conseil Juridique
BLOCH-MICHEL	Journaliste
Henriette PION	Professeur de Cours Complémentaire
Gilbert SALOMON	Chef service universitaire aviation légère et sportive
Gilbert SIGAUX	Ecrivain
André THOMAS	Ingénieur
Gilbert WALUSINSKI	Professeur
Denise WURMSER	Professeur

내가 앞서 말한 평화운동은 여러 국가들 내부에서는
노동 공동체들을 바탕으로 구체화되고, 국경을
초월해서는 성찰의 공동체들을 바탕으로 구체화될 수
있어야 할 것이다. 전자는 협력 방식에 대한 쌍방
합의 계약에 따라 가능한 한 많은 개인들의 어려움을
덜어줄 것이고, 후자는 이 국제적 질서를 지탱하는
동시에 기회가 있을 때마다 그 질서를 옹호해줄
가치들을 규정하고자 노력할 것이다.

「새로운 사회계약」, 1946년 11월 29일, 「시사평론」, 179.

아서 케스틀러가 설립한 지식인의 자유를 위한 재단과 관련하여 이냐치오
실로네와 알베르 카뮈 사이에 오간 편지들. 이 재단은 전체주의 국가들에서
추방당한 작가들을 위한 지원금을 조달하기 위하여 설립되었다.

증권가냐 삶이냐

한 지배계급이 자기들의 재산을 평가하는 기준이 토지의 평수나 금덩어리의 무게에 있지 않고 일정 수의
교환 행위에 관념적으로 부합하는 숫자에 있게 될 때, 지배계급은 동시에 어떤 종류의 기만을 자기들의
경험과 세계의 중심으로 삼기 마련입니다. 기호에 바탕을 둔 사회는 본질적으로 인간의 육체적 진실이
기만당하는 인공적인 사회입니다. 사정이 이러할진대 이 사회가 형식적 원칙들의 윤리를 선택하여 그것을
종교로 삼으면서, 자기의 금융 신전神殿이나 감옥에다가 자유와 평등이라는 구호를 무차별적으로 써붙여놓는다
한들 그것을 보고 너무 놀랄 필요는 없을 것입니다. 그러나 말을 함부로 쓰면 반드시 벌을 받는 법입니다.
오늘날 가장 크게 욕된 대접을 받고 있는 가치는 분명 자유일 것입니다.

「예술가와 그의 시대—1957년 12월 14일의 강연」, 「스웨덴 연설·문학비평」, 24.

뉴욕 증권거래소의 트레이더 군상.

이제는 아무도 더이상 말을 하지 않는다(같은 말만 되풀이하는 사람들을 제외하면). 왜냐하면 우리의
눈에는 경고의 외침도, 충고도, 애원도 듣지 못하는 눈멀고 귀먹은 권력들이 세상을 이끌어가고 있는
것 같아 보이기 때문이다. 우리가 이제 막 거쳐온 몇 해 동안의 광경들로 인하여 우리 안의 무엇인가가
파괴되어버린 것이다. 여기서 말하는 그 무엇이란 바로 인간의 영원한 신뢰를 말한다. 다른 사람에게
인간성의 언어로 말함으로써 인간적인 반응들을 이끌어낼 수 있다고 언제나 믿게 했던 그 신뢰 말이다.
우리는 거짓말하고 타락시키고 죽이고 강제수용소에 보내고 고문하는 것을 보았고, 그때마다 그런
짓을 하는 사람들을 만류하는 것은 불가능했다. 왜냐하면 그들은 스스로에 대한 확신이 있었고, 하나의
관념은, 다시 말해서 어떤 이데올로기의 대표자는 설득에 의해 바뀔 수 있는 것이 아니기 때문이다.

「두려움의 세기」, 1946년 11월 19일, 「시사평론」, 150.

수백만 인간들의 불행, 죄 없는 사람들의 절규, 가장 소박한 행복을 상기시켜주는 사람들, 이런 가난한 진실들을 그들의 정당한
희망들과 비교해보라고 요구하는 사람들의 경고를 깊이 생각해보지도 않고 무시해버릴 만큼 그들의 마음을 움직이는 정치적
확신이나 독트린이 완전무결한 것이라고 그들은 마음속 깊이 자신하고 있는 것일까. 「유엔은 무엇에 쓰는가?」, 1948년 12월 9일, 「콩바」에서, 폴리오 에세, 723.

오랑에서 알베르 카뮈, 1942년. →

나도 그들처럼 노예가 되어 그들과 함께 짓밟히고 있지만, 그래도 너희에게 말해두는데, 너희는 아무것도 아냐. 하늘을 캄캄하게 할 정도로 넓고 끝없어 보이는 이 권력도 땅 위에 던져진 그림자에 지나지 않아. 한줄기 성난 바람만 불어도 순식간에 사라져버리고 말아. 너희는 만사가 숫자와 서류로 옮겨질 수 있다고 믿었어! 그러나 너희의 그 잘난 사전에는 들장미와 하늘의 징조와 여름의 온갖 표정, 바다의 우렁찬 목소리, 고뇌의 순간, 그리고 인간들의 분노 같은 것은 다 빠져 있단 말이야!

「정의의 사람들·계엄령」, 239.

브라질의 해변.

그리고 그는 물속으로 들어가서 세계가 그의 피부 위에 남겨놓은 시커멓고 찌푸린 이미지들을 씻어냈다. 근육을 움직이고 있자니까 돌연 그에게 자신의 피부 냄새가 되살아났다. 그는 어쩌면 지금까지 단 한 번도 세계와의 일치를, 자신의 질주와 태양의 질주의 일치를 그렇게까지는 느껴본 적이 없었던 것 같다. 어둠 속에 별들이 넘치도록 빛나는 이 시간, 그의 몸짓들은 하늘의 그 말없고 거대한 얼굴에 그려지고 있었다.

『작가수첩 I』, 73.

내가 나 자신에 닿으려고 애쓴다면, 그것은 필시 이 빛의 저 한가운데서일 터이다. 그리고 내가 만약
이 세계의 비밀을 열어 보이는 이 미묘한 맛을 이해하고 음미하려고 노력한다면, 이 세상의 저 밑바닥에서
발견하게 되는 것은 바로 나 자신일 것이다. 『작가수첩 I』, 26.

프로방스의 포도밭과 야산 위에 내리는 석양빛.

"오직 현대 도시만이 인간정신에게 스스로를 의식할 수 있는 터전을 제공한다"고
헤겔은 감히 쓰고 있다. 이리하여 우리는 대도시의 시대를 살고 있다.
이 세계는 자연, 바다, 산, 저녁의 명상과 같은 항구적인 요소를 고의적으로
절단당하고 말았다. 「헬레네의 추방」, 『결혼·여름』, 138.

길을 잃지 않기

졸음에 빠져 있던 세계의 광대한 공간들을 인간의 손으로 이룩한 소산들이 차츰차츰 뒤덮어버리면서, 사막에 사람들이 북적대고, 해변의 모래밭이 분양되고, 하늘마저 비행기들이 이리저리 줄을 그으며 누비고 다녀서 인간이 살 수 없는 지역들만이 겨우 훼손되지 않고 남게 되다보니, 오늘날에 와서는 인적미답의 자연이라는 개념 자체가 에덴동산의 신화나 다름없는 느낌을 주게 될 지경이 되었고(이제 섬은 더이상 존재하지 않게 되었다) 그에 따라, 그와 마찬가지로, 그와 동시에 (그리고 그 때문에) 인간들의 마음속에서 역사의 감정이 차츰차츰 자연의 감정을 압도하면서 지금까지 창조자의 당연한 몫이었던 것을 빼앗아 피조물에게 주어버렸다. 그런 식으로 모든 것을 밀어붙이는 움직임이 너무나 강력하고 불가항력적인 나머지, 말없는 가운데 이루어지는 자연의 창조가 언젠가는 추악하고 급격한 인간의 창조, 혁명적이고 전투적인 아우성으로 떠들썩한, 공장과 기차 소리로 요란스러운, 요컨대 역사의 질주 속에서 결정적이고 의기양양한 인간의 창조로 송두리째 대체될 것임을 ─ 자연의 창조가 이 지상에서의 임무를, 즉, 그 창조가 수천수만 년 동안 할 수 있었던 거창하고 놀라운 모든 것이 기껏 덧없이 흩어지는 들장미의 향기, 올리브나무 골짜기, 사랑스러운 개만도 못한 것이었음을 증명하는 것인지도 모르는 이 지상에서의 임무를 다했기에 ─ 예상해야 할 정도인 것이다. 『작가수첩 II』, 239-240.

파늘리에에서 장, 카트린. 알베르 카뮈. 1946년.

석가모니는 오랜 세월 동안 하늘에 눈길을 던진 채 꼼짝도 않고 사막에 앉아 있었다. 신들도 그 돌 같은 지혜와 운명을 부러워했다. 뻣뻣하게 내밀고 있는 그의 손안에 제비들이 날아와서 둥지를 틀었다. 그런데 어느 날 제비들이 날아가버리고는 다시는 돌아오지 않았다. 스스로의 마음속에서 욕망도 의지도, 명예도 고통도 모두 비워버렸던 그분이 눈물을 흘리기 시작했다. 이리하여 돌에서 꽃이 피게 되었다. 『작가수첩 I』, 262.

알베르 카뮈, 알제에서 애견 키르크와 함께. 1936-1937년.

알베르 카뮈가 소장하고 있던 불화.

근본적으로 중요한 것 : 길을 잃지 않기,
세계 속에 잠들어 있는 자기의 것을 잃지 않기.

『작가수첩 I』, 45.

나는 반항한다 그러므로 우리는 존재한다

알베르 카뮈의 딸 카트린 카뮈(1945년생)는 1979년 어머니 프랑신이 세상을 떠난 이래 지금까지 삼십여 년 동안 그녀의 아버지가 남긴 모든 작품과 지적 재산들을 관리해오고 있다. 카트린은 가장 먼저 1994년, 카뮈의 마지막 유고인 미완성 소설『최초의 인간』의 원고를 정리하여 펴냈다. 나는 그 책이 나오자 곧 우리말로 번역하여 소개한 바 있다.

내가 카트린을 처음 만난 것은 그로부터 오랜 시간이 지난 2011년 여름이었다. 그해 여름 한때를 나는 아주 오랜만에 가족들과 함께 엑상프로방스에서 지내고 있었다. 그곳에서 30여 킬로미터 떨어진 루르마랭에 카트린이 살고 있다는 말은 오래전부터 듣고 있었다. 그녀의 아버지 카뮈가 살던 바로 그 집. 카뮈는 노벨문학상을 받은 이듬해인 1958년 말에 이 시골집을 매입하여 그곳에서 마지막 소설『최초의 인간』을 집필하던 중 1960년 1월 4일 교통사고로 사망했다. 그 여름, 나는 문득 카트린이 2009년에 펴낸 대형 사진집『알베르 카뮈―홀로 그리고 함께*Albert Camus, solitaire et solidaire*』를 기억하게 되었다. 그 책의 어느 한 페이지를 펴보다가 나는 여러 가지 다양한 언어들로 번역된『이방인』의 표지 사진들 속에서 나의 한국어 번역본 표지를 보고 매우 기뻐했던 바 있다. 나는 곧 엑상프로방스에서 파리에 있는 소설가 로제 그르니에 씨에게 연락하여 카트린을 만날 수 있도록 주선해달라고 청했다. 그렇게 하여 나는 카뮈의 집안으로 발을 들여놓을 수 있었다. 그 무덥던 여름날, 카트린은 나를 반갑게 맞아주었다. 오래전 대학생 시절 쇠유 출판사의 '영원한 작가' 총서 중 하나인『카뮈』(모르방 르베스크 저)에 실린 사진에서 어린아이의 모습으로 처음 보았던 카트린은 어느새 백발이 성성한 육십대 후반이었다. 그녀는 자기 사무실 조그만 책장에서 내가 번역한『최초의 인간』의 한국어판을 꺼내 보여주며 환대했다. 심지어 그녀는 자신이 침실로 사용하는 옛 카뮈의 집필실도 보여주었다. 창밖으로 루르마랭 고성이 내다보였다. 그녀는 헤어질 때 자크 페랑데즈의 그래픽노블『손님*L'Hôte*』에서명하여 내게 기념으로 건네주었다. 카뮈의 단편집 『적지와 왕국』에 실린 단편 「손님」을 그래픽노블로 개작한 책이었다. 나는 그 책 역시 우리말로 번역하여 문학동네에서 출간했다.

그리고 우리는 이 년 뒤 다시 만날 수 있었다. 2013년 12월 카뮈 탄생 백 주년을 맞아 엑상프로방스 시와 그 시에 설립된 '알베르 카뮈 센터'가 개최하는 공개 토론회 '세계의 시민 알베르 카뮈'의 토론자 일곱 명 가운데 내가 카트린과 함께 초청되었던 것이다. 여기에 소개하는 『나눔의 세계―알베르 카뮈의 여정』은 바로 카뮈 탄생 백 주년을 맞아 카트린 카뮈가 펴낸 두번째 카뮈의 사진집이다.

그녀가 앞서 미셸 라퐁 사에서 펴낸 사진집 『알베르 카뮈―홀로 그리고 함께』는 카뮈의 개인적인 생애를 연대기적 순서에 따라 더듬어본 시각적 자료(사진, 원고, 문헌 등)와 그에 상응하는 작품 텍스트의 짧은 인용들로 편집되어 있다. 이 책을 펴낸 카트린은 책에서 작가 카뮈의 생애를 1) 형성 과정(1913~1936), 2) 각성, 행동(1937~1945), 3) 반항(1946~1951), 4) 혼자, 함께(1952~1960) 등 네 단계의 시기로 분류하여 정리했다.

반면에 여기에 소개하는 『나눔의 세계―알베르 카뮈의 여정』은 카뮈 개인의 생애보다는 작가 카뮈의 작품과 행동, 그리고 그의 지향을 시간적 순서가 아니라 공간적 차원에서 정리, 배열하여 작가의 삶과 창조의 여정을 시각적으로 보여준다. 이 책은 카뮈 자신과 관련된 사진, 작품, 원고, 서한문 등의 자료뿐만 아니라 오늘의 생생한 현장 풍경, 혹은 분위기를 아름다운 사진들로 재현하여 거기에 상응하는 카뮈의 다양한 텍스트(작품, 편지, 신문기사, 호소문 등)와 나란히 병치시켜 입체적이고 동시적인 이해를 돕고 있다. 지중해(알제리, 스페인, 이탈리아, 그리스), 유럽(정면으로 본 유럽, 전시의 유럽, 해방된 유럽, 유럽의 비전), 세계(러시아와 동구 진영, 아메리카, 세계의 비전)라는, 이 책을 구성하는 세 개의 장이 그것이다. 작가가 태어나고 작품활동의 모태였던 알제리에서부터 유럽을 거쳐 '세계'에 이르기까지 카뮈의 공간은 삶의 파동처럼 여러 개의 동심원들을 이루며 점차 확대되어간다. 우리가 여기서 주목해야 할 것은 카트린이 책의 제목 속에 '나눔partage'이라고 표현한, 타자를 향한 '확대'와 '연대'의 지향이다. 이는 곧 '나'에서 '우리'로 옮아가는 카뮈 특유의 근원적 운동을 웅변으로 말해준다. 이것은 곧 소설 『페스트』가 표현하고 있는, '나는 반항한다. 그러므로 우리는 존재한다'라는 변형된 데카르트적 명제를 환기시킨다. 카트린이 제목에 올린 '나눔의 세계'란 바로 이 확대의 과정과 그것의 완성·심화를 의미하는 것이다. 삶의 저 끝에 필연적인 죽음이 기다리고 있다는 인식을 바탕으로 한 삶의 '부조리'에서 출발하여 '반항'으로, 다시 반항에서 '절도' 혹은 '사랑'으로 진화, 발전하는 카뮈의 사유와 윤리는 바로 이런 공간적인 확장의 모습으로 번역되고 있는 것이다.

그래서 책의 저자인 카트린은 이렇게 말한다. "지중해에서 출발하여 유럽과 아메리카를 지나 러시아에 이르기까지 알베르 카뮈의 세계에는 근본적으로 같은 고통, 같은 불안, 같은 기쁨, 같은 희망을 함께 나누는 여자들과 남자들이 가득 살고 있다. 그 세계는 알베르 카뮈가 사랑하고 반항할 근거를 길어내고자 하는 터전인 자연이나 아름다움과 뗄 수 없는 관계를 맺고 있다." 카뮈는 일생 동안 타자와의 연대와 사랑을 통해서 무의미한 삶에 역동적인 의미를 부여하고자 했다. 그것이 바로 그의 참여 행위이고 사랑과 긍정을 바탕으로 한 윤리였다. 그 결과 궁극적으로 그가 지중해에서 출발하여 유럽을 거쳐 도달한 '세계'는 단순히 공간적인 넓이만을 의미하는 것이 아니라 '우리'가 운명 공동체로서 함께하고 나누는 인간 보편의 삶, 그리고 나아가 생태계 전체의 삶과 아름다움을 의미한다.

그러나 그가 이상으로 삼는 '우리'의 '세계'는 결코 '나'의 개성을 흡수하여 지워버리거나 추상화하는 것이 아니다. 오히려 '우리'의 공동체와 세계는 저마다의 개별자 '나'에 의하여 진실로 살아 움직이는 힘과 두께를 얻는 것이다. 이것이 바로 이 책의 결론부에 인용된 카뮈의 말이 암시하는 의미다. "근본적으로 중요한 것 : 길을 잃지 않기, 세계 속에 잠들어 있는 자기의 것을 잃지 않기." 길을 잃지 않는 것은 곧 세계 속에서 개인으로서의 '자기'를 잃지 않는 것이다. 이것이 곧 '홀로 그리고 함께'가 함축하는 진실이다.

이것이 바로 이 책을 펴낸 카트린의 '세계화' 비판에 우리가 귀를 기울여야 하는 이유다. "나는 아버지의 작품에서 골라낸 구절들의 인용에 기대어, 이 세계는 결코 '세계화'가 아니라는 사실을 보여주고 싶다. '세계화'는 추상적이고 포괄적인 표현으로 사람들에게 결정적인 무력감을 안겨준다."

끝으로 책을 덮으며, 카뮈가 평소에 소장하고 있던 유일한 불화가 왜 책의 대단원인 마지막 페이지에 결론처럼 자리잡게 되었는지를 생각해보면서 세계 속의 자아회복이라는 오늘의 명제를 고요히 마음속에 떠올려보는 것도 의미 있을 것이다.

북한의 4차 핵실험 소식을 접하며

2016년 1월

김화영

수록 사진 저작권

지은이 **카트린 카뮈**

1945년 프랑스 불로뉴비양쿠르에서 알베르 카뮈와 프랑신 포르의 딸로 태어났다. 열네 살 때인 1960년 1월 아버지 카뮈가 자동차 사고로 세상을 떠났다. 변호사로 활동했지만 1979년 어머니가 세상을 떠난 후 아버지의 지적 유산을 관리하게 되면서 본업을 그만두었다. 1994년에는 카뮈의 마지막 유고인 미완성 소설 『최초의 인간』의 원고를 정리하여 펴냈다. 현재 루르마랭에 있는 아버지가 살던 집에 거주하며 카뮈가 남긴 작품들을 관리하는 일에 온 힘을 쏟고 있다.

옮긴이 **김화영**

서울대 불문학과를 졸업하고 동 대학원에서 석사, 프랑스 엑상프로방스 대학에서 알베르 카뮈론으로 문학박사 학위를 받았다. 삼십여 년간 고려대 불문학과 교수를 거쳐 현재 같은 대학 명예교수로 있다. 지은 책으로는 『시간의 파도로 지은 城』 『문학 상상력의 연구』 『소설의 숲에서 길을 묻다』 『발자크와 플로베르』 『행복의 충격』 『한국 문학의 사생활』 『여름의 묘약』 『김화영의 번역수첩』 등이 있고, 옮긴 책으로는 알베르 카뮈 전집, 『어두운 상점들의 거리』 『다다를 수 없는 나라』 『어린 왕자』 『섬』 『마담 보바리』 『방드르디, 태평양의 끝』 등이 있다.

나눔의 세계—알베르 카뮈의 여정

초판 인쇄 2016년 2월 5일
초판 발행 2016년 2월 12일

지은이 카트린 카뮈
옮긴이 김화영
펴낸이 염현숙

책임편집 손예린 | 편집 김미혜 오동규 | 독자모니터 이희연
디자인 신선아 최미영 | 저작권 한문숙 박혜연 김지영
마케팅 정민호 이미진 정진아 전효선 | 홍보 김희숙 김상만 한수진 이천희
제작 강신은 김동욱 임현식 | 제작처 영신사

펴낸곳 (주)문학동네
출판등록 1993년 10월 22일 제406-2003-000045호
주소 10881 경기도 파주시 회동길 210
전자우편 editor@munhak.com | 대표전화 031) 955-8888 | 팩스 031) 955-8855
문의전화 031) 955-1927(마케팅) 031) 955-7972(편집)
문학동네카페 http://cafe.naver.com/mhdn | 트위터 @munhakdongne

ISBN 978-89-546-3951-4 03860

www.munhak.com